草原文学重点作品创作工程 ★ 第五辑

羊肠河记忆

王国元／著

作家出版社

致 读 者

　　"草原文学重点作品创作工程"和"优秀蒙古文文学作品翻译出版工程"的成果陆续和读者见面了。这是值得加以庆贺的事情。因为，这一工程不仅是对文学创作的内蒙古担当，更是对文学内容建设的草原奉献！

　　在那远古蛮荒的曾经年代里，不知如何称呼的一群群人在中国北方的大地山林间穿梭奔跑，维持着生命的存延。慢慢地，他们繁衍起来并开始有专属各自的族称，然后被人类发展的普遍规律所驱使着，一个接一个地走出山林过起了迁徙游牧的生活。于是，茫茫的草原就变成了这些民族人群书写盛衰成败的出发地。挥舞着战刀和马鞭，匈奴人第一个出发了，紧接着是鲜卑人，然后是突厥人，再后是契丹人、女真人，之后是蒙古人，他们一个接一个地踏着前人的足迹浩浩荡荡地出发了。如今，回首望去，他们奔腾而去的背影犹如一队队雁阵，穿过历史的天空渐渐远去……

　　雁阵飞去，为的是回到温暖舒适的过冬地。而北方民族依次相续地奔腾前去，为的却是要与人类历史的发展潮流融汇对接。这是一个壮观的迁徙，时间从已知的公元前直到当今年代。虽然形式不同，内容也有所变化，但这种迁徙依然不停地进行着。岁月的尘埃一层又一层，迁徙的脚印一串又一串。于是，经历过沧桑的草原充满了关于他们的记忆。在草原的这个记忆中，有他们从蛮荒走向开化的跋涉经历；有他们从部落成长为民族的自豪情怀；有他们建立政权、制定制度、践行管理的丰富经历；有他们敬畏自然、顺应规律，按照草原大地显示给他们的生存方式游牧而生的悠悠牧歌；有他们按着游牧生活的存在形态创制而出的大步行走、高声歌唱、饮酒狂欢，豁达乐观而不失细腻典雅的风俗习惯；有他们担当使命，不畏牺牲，奋力完成中国版图的大统一和各民族人群生存需求间的无障碍对接的铿锵足迹；更有他们随着历史的发展、朝代的更迭和生存内容的一次次转型与中原民族相识、相知，共同推进民族融合、一体认知、携手同步的历史体验；还有他们带着千古草原的生存经验，与古老祖国的各族兄弟同甘苦、共命运，共同创造中华文化灿烂篇章的不朽奉献……

承载着这些厚重而鲜活的记忆，草原唱着歌，跳着舞，夏天开着花，冬天飘着雪，一年又一年地走进了人类历史的二十一世纪。随着人类文明发展进步的节奏，草原和草原上的一切激情澎湃地日新月异的时候，我们在它从容的脚步下发现了如土厚重的这些记忆。于是，我们如开采珍贵的矿藏，轻轻掀去它上面的碎石杂草，拿起心灵的放大镜、显微镜以及各种分析仪，研究它积累千年的内容和意义。经过细心的研究，我们终于发现它就是草原文化，就是源远流长的中华文化的源头之一。它向世界昭示的核心理念是：崇尚自然，践行开放，恪守信义，还有它留给往时岁月的悲壮忧伤的英雄主义遗风！这样，当世人以文化为各自形象，与世界握手相见时，内蒙古人也有了自己特有的形象符号——草原文化！

精神生活的基本需求是内容，而文学就是为这一需求提供产品的心灵劳作。因有赤橙黄绿青蓝紫，世界才会光彩夺目。文学也是应该这样。所以，我们大力倡导内蒙古的作家们创作出"具有草原文化内涵、草原文化特点、草原文化气派"的优秀作品，以飨天下读者，并将其作为自治区重大的文学工程加以推动。如今，这一工程开始结果了，并将陆续结出新的果实落向读者大众之手。

在此，真诚地祝福这项工程的作品带着草的芬芳、奶的香甜、风的清爽和鸟的吟唱，向大地八方越走越远！

内蒙古自治区党委常委、宣传部长　乌　兰

目 录

羊肠河不是一部书就能记忆完的……

写在前面

　　祖上是穷人，挣扎至今，子孙仍是穷人；或者换言之，世代贫穷，也能绵延不绝；世代栖息乡土，以土为生，土里滚爬、流汗，辈辈土命，却也家园处处。

　　茫茫人世，芸芸众生，千姿百态，千差万别，文学地描述起来，绝似老虎吃天。忘记是哪位学者说的了，世界只有一个世界，但版本却有很多。何不以我和我们为例，以我和我们的乡土为例，仅用穷人的眼光，打量人间，仅以乡土的情形，描述世界？

　　这个具体的版本，试图描摹的便是穷人乡土版的世界，这个世界的生死歌哭，生的坚强与困惑，死的挣扎与徊徨。诗意地说，我力争用疲惫而坚韧的笔墨，勾勒出人世间的苍凉与悲伤。内容是寻常的，文字是拙朴的，旋律是沉郁的。不矫情，不遮蔽，不堂皇。

　　对与世俗相俯仰的各式版本，我无不敬而仰之；同时，某种程度上也心存戒备。田园牧歌式的颂歌，直白的、含蓄的、变相的，在报刊上连篇累牍，我即使挤进去又能怎样，有我不多没我不少。呜呼哀哉尚飨式的挽歌，一味地"为艺术"而哀伤不已，美则美矣，却难免让人陷入怅惘而不能自拔。"我们活在这样的地方，我们活在这样的时代"（鲁迅语），"记忆"结束了，而人生仍要继续。既然如此，不妨谱写成一曲壮歌罢。而因了笔力远远不够，大气不足，粗疏有余，目前只能是这个样子了：一堆滚烫的热泪，一段粗犷的长啸，一串恓惶的梦呓；总之，一篇落寞而倔强的文字而已。关键词大体为挣扎、奋斗、困惑，总的关键词则为故乡与生存，或者概而言之，记住乡愁、记住梦想。自然，对于连绵不尽而又辽阔无比的人生、阴阳两界的人生、人生的终极而言，关键词只能概其大要矣。

但愿朋友们看后，能感同身受，"于吾心有戚戚焉"，勾起眼泪、欢笑与沉思，尽管这个版本，远远够不上"一篇叙事诗，一片多彩的风土画，一串凄婉的歌谣"——萧红的《呼兰河传》，我是供奉在佛龛上，视若经卷，顶礼膜拜的。

何尝不清楚，这里所描述的，尽是荒凉的人世、荒寒的人生，滚滚红尘中的偏僻一隅，吸引不了繁华世间人们忙忙碌碌的眼球和声响壅塞的耳朵，但我还是描述了述说了。浩茫的世间，偏僻也罢繁华也罢，终极处应该是一样的；绝非别无选择，实在是殊途同归。

不管怎样，我和我们，地下的、地上的，前生的、后世的，憨头憨脑、土头土脑、愣头愣脑，齐刷刷地，同羊肠河的流水一起，集合在你面前了。

第一章　求学记略

1

英金河畔，昭乌达蒙族师范专科学校。1988年春末夏初，毕业时节。这年是龙年，此时你刚刚过完二十二虚岁生日。

此时的阳光，开始酷热起来，热得满世界都躁动不安。仿佛是一夜之间，学校的宣传橱窗里，铺天盖地的，已满是"到农村去，到边疆去，到祖国最需要的地方去"，诸如此类的大红标语了。你感到很惊讶，咦，在哪儿见过似的，不，听过。

——羊肠河畔，陪房营村。七十年代早期。

你刚记事。记得某天，村里走过一群陌生的年轻人，大人说他们是下营子的"下乡知青"，他们唱着"到农村去，到边疆去，到祖国最需要的地方去"，雄赳赳、气昂昂地，从村旁走过去。那是你第一次也是唯一一次，见到知青。"继往开来的领路人，带领我们走进新时代"后，听人说，知青们马上呼啦啦返城了。歌子也被他们带回城里了吧，你想。

噢，原来，这歌这话，不仅仅是对知青们的。

我要分配到哪儿去呢？——此时的你止不住想，我的家乡是农村，我的家乡在边疆，我的家乡便是我的祖国，它最需要我回去，从事"太阳底下最光辉的职业"，教书育人。你的家乡是国家级贫困县。

——少郎河畔，翁牛特旗乌丹六中。2012年秋。

讲台上，讲完"家乡篇"，作为思想品德课教师，你向你的学生们进行课堂总结："同学们，对于咱们这个地方，对于你们这个年龄段来说，所谓'祖国'，就是你家里的小菜园；热爱家里的小菜园，就是热爱祖国。"近三十年过去，你的家乡仍然是国家级贫困县。学校招收的全是农村的学生，同学们刚刚升入初中，绝大多数还是儿童。此时正值秋天，你的人生也进入秋季，该成熟的成熟了，该枯萎的枯萎了。

——小黑河畔，内蒙古大学。2015年春末夏初，毕业时节。

学校铺天盖地的大字横幅上，依然是诸如此类的标语，只不过稍有改动，变成了"到西部去，到基层去，到祖国最需要的地方去"。见到的刹那间，你整个人被击中了，恍如隔世，今日何日兮？前生后世翻江倒海般一齐涌上心头。

家乡啊，你供养出来的"天之骄子"，马上又要回到你的怀抱了。

入学之初，据老师讲，你们考学这年，全国只录取五十七万名大学生，你们绝对是"天之骄子"；特别是内蒙古自治区，高考升学率仅为百分之十三，你们更是"天之骄子"了。不错，最初接到大学录取通知书那会儿，你骄了骄家人更骄了骄，紧接着，为筹措上学的费用，你不骄了家人更不骄了，虽说师范类高校免交学杂费、教材费，但穷家富路，出门总得换套行头，带上生活费啊。好在张罗到上学时，你如期报到，你的兜儿里有一百五十多元钱了，你的行头是新的了，衣服是新的，鞋袜是新的，枕巾、褥单是新的，只有被子是旧的，但蒙上被罩，旧不也看不出来了嘛。你还戴上手表了呢，新式的电子手表，姐夫给买的，耗资人民币两元。一学期下来，家里为你连拿带邮的，支出总计有二百七十多元钱，回家时的路费也够用着呢。

临走之前，母亲一边为你整理行李，一边说："这下孩子有工夫梳头洗脸了。"

老师更讲了，国家用六十四个农民的税收，才能供养一名在校大学生。啊！听闻此说你禁不住激动起来：请乡亲们放心，我毕业后回来，年年都要教六十四个家庭的孩子，回报你们的付出。"天之骄子"在大学时代，"眼泪、欢笑、沉思，全都是第一次"（王蒙语），不清楚别人的"第一次"怎样，你的"第一次"是这样了。"求知、求友、求事业"这部大学生活三部曲，不知道别人是怎样弹奏的，你的是这样开启了。

激动不已，你写下一篇散文《星星·月亮·我》，感恩曾经的业师，激励当时的自己；恰好学校搞教师节征文比赛，执教大学语文的鲍老师推荐上去，后来居然获得了一等奖。你修的是思想政治教育专业，汉语言文学专业原本是你的夙愿，但没实现，高考失误了。原本学得最好的语文，成绩却是这六科中最低的，语文是开考第一科，期望值过高，发力过猛了。而此时激情下写作，又能从容修改，水平自然正常发挥。兴奋之余，你深深地知道，不是自己文笔多么优美，结构多么巧妙，主题多么高大，而是字里行间的真情实感，感动了评委。鲍老师点评你的作文有朱自清《背影》的味道。

怀着这样的心态，你苦苦地攻读了下来。你打的菜常常是两毛钱一份的土豆丝，你穿的衣服只有勉强能换洗的两身，你背着两元钱一个的"军挎"书包……但文科楼501教室，只要有课就有你，而且坐在前排，而且老师讲的话除了咳嗽声，你全记在了笔记上；借阅的图书，在图书馆里翻看的不算，单说借书证上，你一直保持着每周至少三本的借阅记录；你发表了第一首诗、第一篇散文，你收到了第一笔稿费。收到第一笔稿费"人民币六元整"后，你兴奋得不知怎么办好了，是给父母邮回去呢，还是自己花掉？心情终于平静下来后，你给自己买了笔记本，厚厚的两本，笔记本上，挤满了你蹒跚而坚韧的笔迹……

你的头发是刚硬的，你的目光是忧郁的，你的步履是徜徉的……它们折磨得你，竟然有一次一顿吃了一斤八两饭，不算菜。比饕餮之徒还饕餮之徒！有啥法子呢，经验告诉你，人要解除某种痛苦，要么转移，要么用大痛苦压制小痛苦，别无他法。

你开始了至今三十年一日不落的日记，你的人生从此跃进到自觉状态，每日均翻看昨天、记录今天、计划明天。但在你的日记里，几乎没有"梳头洗脸"的记载。事儿似乎也是有的，但你认为不值得，也便往往四舍五入了。"人生两棵树：事业、爱情，总有一棵要孤独的。"这句话在你，无异于真实写照。尽管你青春的梦里，花儿疯似的绽放着，鸟儿"扑棱棱"地飞起来。

有的同学向老师建议：少讲甚至别讲那些高深的理论了，把中学政治课的教材，再给我们好好讲讲就行了。我们毕业回去后，不就是教中学政治课嘛。理智上，你觉得同学的建议不大对劲儿，毕竟是大学嘛，总得学点儿"大"的才行啊；可情感上，毫不犹豫，你倾向那位同学！

村里的社员，几乎人人有手戳儿，随便的一块木料，一手指节长短，刻制得则更粗糙了，上面除了粗朴的方框和名字，什么讲究都谈不上，为的只是"公家"有什么事儿时，摁手印不准许，需要亲笔签名，咔一下，印下手戳儿完事！社员们念过书的少，很多不会写自己的名字，即使会写的，也写得叉手叉脚，握笔杆比握锄杆难得多了，哪如直接摁个戳儿省事！倒是都认识自己的名字。生产队队部里，墙上贴着会计统计的工分表，一日一填一月一统计，看得久了，不认识也认识了。

即使是村小的戴老师，他教你们时，大人们"三反右倾翻案风"那年，配合形势吧，戴老师领着你们读报，两报一刊的社论或者梁效的文章。怪哉，读报时，戴老师有时竟然脸红一下，略一迟疑，再接着读下去。平时，他是老板着面孔的，严肃得很哩。有那么几年，戴老师的这一神态一直困扰着你，百思不得其解，后来才恍然大悟：噢，那是戴老师遇到生僻字了。

你的小学老师里，文凭最高的是高中毕业生。戴老师什么文凭？初中吧。那，到底是毕业还是肄业？你的初中老师里，文凭最高的是中师生；你的高中老师里，文凭最高的是刚刚走上讲台的专科生。

你的同村同学中，村小没读完，开始有辍学的了；小学刚读完，女同学已经寥寥无几；初中毕业时，只剩下你一个人了。截至你考上大学时，村里只考走两个中专生、一个大学生。

高考时，你报考的全是师范类高校。尽管你从小听人说，"一供销二粮站，人民教师最完蛋"。农村中，有"公干"的不外乎这三种人，这三种人中，教师排行老末。乡亲们的眼里，老师嘛，倒不是"臭老九"，同赤脚医生一样，得尊称"先生"哩；只是，不也挣工分嘛，一天一个工的工分（十分），只不过比起一般社员来，风吹不着雨淋不着，在屋里挣工分罢了。一般的社员，面朝黄土背朝天，风里来雨里去，但冬春一天才八分，零点八个工，天短嘛；到了夏秋，天长，一天才一个工（十分）。老师毕竟是"先生"，一年三百六十五天，记三百六十个整工，而且一个月还有三五元的补助；而一般的社员，出一天算一天。补助？没听说过哩。唉，说了归齐，老师就是吃粉笔末子的，哪能和人家站栏柜道的，收粮食是人家、卖粮食也是人家的相比。大队书记拍打着老师的肩膀，说："好好干，明年提拔你当买货员。"

……当干部？哼，坟地冒蓝烟，那是咱农村人该想的吗？哎，听说有同学可能被留校呢。唉呀，想吃天鹅肉，那是我该想的吗。二十岁的你在班里，个头排第三，一米七七，只比一名篮球运动员出身的同学和体育委员稍矮，但你看人时，还是仰视，以至于你看到的，往往是对方头上的旋儿。没办法，自小养成的，习惯成自然了——你个厌种！听见五十岁的你骂二十岁的你了，像父亲骂儿子。随即看见二十岁的你，眼睛眨动着、脸上抽动着委屈，接着看见迷惘的、愤懑的目光，只是这目光，分不清来自父亲还是儿子了。

十几年来，戴老师的那支钢笔，时不时地在你眼前浮现。戴老师的钢笔是木料的，下端的油漆早已脱落，渍满红的、蓝的墨水，打量不出原来的颜色；上端的黄漆则老人斑似的，斑驳地缀于其上。戴老师用那支钢笔，给你批阅过多少五分啊。

我也要买支这样的钢笔，为我的学生批五分，还有……填报志愿时，一脸高粱红的你，止不住浮想联翩。尽管之前，你已经无数次地这样过，实在是习惯成自然了。

他们哪仅仅是你的学生，更是你的弟弟妹妹、侄男甥女——前生是，今生更是，来生还是；不，他们最是今生从前的你。

从前的你啊……

2

羊肠河上游，陪房营村，1974年秋。

此时的你，和"小二郎"身份一样了，"小呀么小二郎啊，背着（那）书包上学堂"。"学堂"是正规的学校了，村里的小学。之前的幼儿园呢？在山上和河套里"幼儿"过了。

村小离你家不远，从家往西走，到了街头，前面是村西大道，再沿着大道往南走，过两条横街，到了。学校的西邻是一户人家；东面，隔着大道，是生产队的队部。

学校方方正正一处院，院里五间房子，中间一间是办公室，东两间是一、三年级教室，西两间是二、四年级教室。院子正南划出个篮球场，东南有沙坑，西北角挖座露天厕所，北面隔着说有也有说没也没的一堵墙的，是实实在在的小杨树林，林中有青草有沙土，供同学们实实在在地玩耍。与北面的"实实在在"相比，南面的顶多是"勉勉强强"了，篮球场只有一副篮球架，沙坑倒是有沙有坑，但坑里是沙多还是土多，没谁理会了。

吱、吱、吱——吱、吱、吱——一早上，杨德坤老师满大街一边拾粪，一边吹哨子，这是提醒家长，招呼孩子麻利儿吃饭，上学啦。

学校由杨老师在五十年代中期创办，二十年了。原来一直叫"陪房营子小学"，文化大革命后，政治挂帅，校名更改为"永红小学"，不知道谁还弄来一块木板，挂在大门口旁边，上面是用毛笔写的校名。抵不住风吹雨淋，木板早已开裂，校名更几近于无，莫如不写不挂呢。

上面号召"队队办初中，村村办小学"，结果呢，大队初中办到七年级（初二），小队小学办到四年级，都半截子拉轰，没一个完全的。四个年级段，一个老师实在教不过来，学校增加了一名，戴顺老师。杨老师教二、四，戴老师教一、三。

听到杨老师的口哨声，家长紧喊：起来吧，别睡懒觉啦，今儿个正常上学！大人没有"星期"之类的概念，只熟悉节气，春雨惊春清谷天，夏满芒夏暑相连，秋处露秋寒霜降，冬雪雪冬小大寒；不过，学校安排校历，还真的大致按照节气来，农闲时上课，农忙时放假（称"农忙假"）。学校和大人们都生活在农历的岁月里，与农历一起作息。

老师同样是社员，挣死工分罢了，学校更是生产队的一个部分，既然是社员是生产队，就得遵照天时安排了。

当当当，钟声响起来，上课了。所谓钟，是不知从哪儿弄来的一块机器底盘儿，吊在小杨树上，便当钟了，倒也清脆响亮；本来，只有两间教室，上课喊一声，保证听得见，但小孩子嘛，课间玩耍起来，喊便不起作用，还是敲钟管用。学校嘛，也的确得有个学校样儿，上课了，哪能像在家招呼孩子，喊。

你们的教室，前面是一块大黑板，黑板左侧挂着一副大算盘。算盘架是木头做的；珠不知是什么做的，似乎是纸，可也有棱有角的，纸浆？杆是麻绳，为防止珠子滑落，影响教学，麻绳特意做得粗而糙。

前面左、右两侧，靠近南、北墙壁的地方，各砸上一根大铁钉，挂小黑板用。小黑板平时靠在墙角，用时挂上。

教室南墙开着小窗户，北墙贴着几幅画，"原始人生火做饭"、"柳下跖怒斥孔丘"什么的。喊，知道"原始人生火做饭"算啥，你们还知道呢，在那之前，猴子学会吃桃后，逐渐变成人；孔丘被柳下跖"怒斥"。该！谁让他四体不勤五谷不分？谁让他肩不能担担手不能提篮？柳下跖就是咱贫下中农咱劳动人民的代表嘛。只是，咦，列宁导师前胸"穿"的是啥玩意儿，像包着小孩儿？马恩列斯毛五位领袖的画像，端端正正地贴在黑板上方。有一次课堂上，戴老师有事儿出去一会儿，你们就这事吵嚷起来，小孩子嘛，求知欲旺盛。戴老师回来后，训斥你们。越训越来气，最后问起吵嚷的原因——老师训学生，往往是不问缘由的——你们如实道出原委。"人家列宁就穿那样的衣服！"戴老师一愣，随即气鼓鼓地说。师生知道那叫领带，是十年之后的事儿了。

开学第一天，放学后，你把新发的课本，向大人挨着个儿地炫耀，"发新书啦，我发新书啦，新书……"然后，找来牛皮纸，让哥包书皮。哥包了半天也没包上，把书还弄褶了，你立即哭将起来，"啥大哥，上五年级了，还不会！"姐过来重新包，你才破涕为笑。

对新发的课本，不管谁，只要是学生，无一例外珍惜得不得了，但好景不长，过不了几天，书便满目疮痍起来；刚学完甚至还没学完，书已风流云散，杳然不知去向也。而在这方面，你是有自豪权的，从高小（小学高年级）一直到大学的，品相不说，但凡是读过的书，的确基本保存下来了。书生书生，以书为生。——至于同时也以书为死，另说。

你的父亲用削谷刀①给你削了铅笔。

---

① 削谷刀：一种刀具，削谷穗用。

上学后，你马上感到世界变了，原来，什么都有数，到处都有字！你的父亲、母亲全是文盲，乡亲们管这叫"睁眼瞎"。父亲只会写自己的姓名这两个汉字。你的父亲与先祖重名了，也叫"王富"。——你的祖父一定知道先祖的名字，但他还是让你父亲重名了。母亲呢，甚至连自己的名字也不认识，只知道"我们姓wu，是口天wu，和你三姑父他们的wu不是一个wu"。你三姑父姓武，你母亲姓吴。因为她不识字，只好这样书写了。你母亲的名字"吴桂莲"，是成立高级社后，社里为了记分什么的方便，才给起的。一个无奈而为之的符号而已。

你奶奶的名字"李秀英"，也是这样起的？否则，按传统，奶奶应叫"王门李氏"。老辈子，女人是没有自己名字的，只有姓氏，夫家姓氏在前，娘家姓氏在后。

你姐到学龄后，却没上成学，虽说学校几乎不要钱，但，"铅笔小刀啥的，总得花上几个吧，那家里也拿不起啊！"大人叹息道。再说，要去，你姐和老姑娘儿俩，都得去呀。你老姑仅比你姐大一岁，老姑属羊姐属猴。杨老师一遍又一遍地来家里催，最终还是没结果。后来，杨老师办起夜校，扫盲，什么都免费，又不耽误白天上工，你姐才去了。你姐不但会"七刀切，八刀分"——扫盲课本这样教人识字；还会写自己的名字：王素琴；百以内的加减法，姐也会了呢。那本扫盲教材，你姐一直珍藏着。多少年之后，你还在姐家的箱子底看见过。教材沉甸甸的，图文并茂，字大行稀，与小学语文课本相似，但毕竟是扫盲教材，教的字更实用，尽是眼面前儿用的字，没一个虚的。书上的空白处，姐用铅笔，一笔一画地抄写满了生字。多少年来，你姐常常对当年的家境叹息不已，对没上过学耿耿于怀，对杨老师念念不忘。

老姑去没去，你不清楚了。

数字特别是文字，引导着你，在世界上越走越远，而你的父母你的先人们，止步在文字面前了。他们的眼睛，只看到肉眼能看到的世界了。

由于两个年级在一间教室上课，老师只好采用复式教学，并且为了避免相互干扰，推行"无声教学法"。教室只有老师一个人的声音，同学们听课时不出声。老师轮流讲课，给这个班级讲课时，便要另一个班级自习或者做作业，有时将作业写在黑板上，叫小助手来到黑板前，小助手用教棍儿点到哪位同学，哪位同学便上黑板前做；做完，同学们再用手势判断对错，右手伸出拇指和食指掌心向前表示"对"，左、右两手食指交叉在一起表示"错"。

甭看一间教室两个年级段，但一个年级段仅十名左右学生，显得并不拥挤，虽说课桌是土台子，又宽又大。所谓"土台子"，是两端用土坯垒垛儿做腿，上面搭接上树杈子之类的，然后用泥抹平做面。至于现在学生课桌所必备的硬件，当时连概念还没有的。土台土台，有土有台就行了嘛。但你们的教室挤点儿，不知是谁家在后面存放上一垛干草，而你的座位又恰好在草垛这块儿；还扎得慌呢，磨合好几天，你同干草才和谐起来，和平共处。

——说到这儿，你苦笑了。是的，这段文字，是按照"记忆"的逻辑抒写的；如果按"髦得合时"的文艺逻辑，应该这样描述：教室里混合着泥土的气息和草木的芳香。使未曾亲历的朋友，阅读到此处时，不知会萌发出怎样幸福的向往。未曾亲历的朋友，他们一般从影视上看到类似的环境，而影视表现这个环境，往往有贴在教室前面墙上的"好好学习，天天向上"的大字标语之类的，你们连这都没有。生产队不是没有笔墨纸张，但忙着写"将无产阶级文化大革命进行到底"了，顾不上这块儿。影视是艺术，你管不着，你只管"记忆"。"记忆"里的眼泪，是从心里流出来的，眼睛只是泪道。文艺的眼泪，是从想象里流出来的，眼睛同时是泪源。

学校没有钟点。没钟点怎么办？这毕竟是学校啊。活人焉能让尿憋死，画道道。教室南墙上虽然开着窗户，但是特别小，又高——既不能不开，又要节省玻璃，总是快到晌午，阳光才透过窗户照进教室。

好在后面门开得大，上亮子（天窗）又高而宽，阳光照进来得早。戴老师在门后，用炉钩子在地上画出一条条的道道，阳光透过上亮子，照到哪条道道是第一节课，照到哪条道道是第二节课……照到哪条道道是放学，老师知道，你们学生更熟悉。有时候，老师课也讲完了，学生作业也做完了，单等着放学，师生便焦急地等待，待太阳光一点儿一点儿地移到道道里时，大家一片欢呼。晴天好说，阴天呢？上、下课就得估摸了，放学是老师出去，瞭望到大队学校的学生，拐过山头露头了，你们也随即放学。大队学校嘛，条件自然比你们好，有钟有点的；还有大喇叭呢，天天上午第二节下课后，放广播体操，"伟大领袖毛主席教导我们，'发展体育运动，增强人民体质'，'提高警惕，保卫祖国'。第一节，上肢运动，预备齐！……"冬天时，刮西北风，你们能听见，听见时，心里老不是滋味儿：一年四季都是夏天该多好！夏天刮东南风，听不见。

同学们在黑板上写字，使的全是粉笔头儿。粉笔是生产队自己制造的。西大山上有白粉土子，可以搓成粉笔。虽然粉笔是自制的，不花钱，但你们节俭惯了，还是能省则省，尽量不使成根的。土法造的粉笔，质量差老了，发脆，尽掉渣儿；掉渣就掉渣呗，你们刚学着写字，用好粉笔也用瞎了。

老师找块破毡子边角，卷巴卷巴，捆上，就是板擦了。不但不用花钱买，而且结实耐用得很哩。扫除用具呢，谁家还没有一把半把的破笤帚，拿来使就是了。

读书，读书，只要有书读。当时的课本是统编教材，城乡一样，不管是否在村小读书。课本面前，人人平等。语文开始都是a、o、e、i、u、ü……算术开始都是1、2、3、4、5……

你们还"全面发展"呢。

音乐课上，全校同学挤在一间教室里，学唱《东方红》，学唱《大海航行靠舵手》，学唱《我爱北京天安门》……唱到《东方红》的"呼尔咳哟"处，小老舅你们总是大声合唱，字正腔圆，声音洪亮，效果好极了。小老舅是你母亲的一个远房表弟，远房姑姑的儿子。

体育课也照常上。只有一副球架了，怎么办？没关系，打单篮呗。沙坑主要供你们课间玩耍，地不硬，摔跤摔倒了也没关系；至于沙子多年不换，早已脏得很，那倒还是其次。小孩子嘛，一天下来，哪个不是泥猴儿？再说也没有新衣服，脏就脏呗。回去大人得数落，回去再说。

体育课如果是赛跑，得到队里的场院去了。那儿甭说跑五十米、一百米，一千米都没关系，沿着场院边儿，多跑上两圈呗；跑道是大致测量、规划的，不怎么规范、准确，那没关系，还又宽又平，有利于水平正常发挥。而如果在学校，跑的人跑不晕，查圈的人得查晕，校院小啊。

美术课上没上？上，什么内容？你没有印象了。不过，你恍惚记得买过图画本，图画本比大白纸贵多了。如果不是老师硬性要求买，家里是绝对不给买的，没这份钱。——老师的"硬性"同家里的"没这份钱"，搅和出了你的"恍惚"。

大白纸是整张的白纸，七分钱一张，买回家后，折叠成三十二开，裁开，分出反正面，码好钉上，一个作业本成了。

不过，你偏科，音体美小三门，你全不行，音乐课你是南郭先生，滥竽充数；体育课除了立正稍息，其他的规范你全不懂；美术课更甭提：导致至今五音不全、四体不勤、七色不识。也是，小三门在你整个的学生生涯里，历来说起来重要，做起来次要，忙起来不要。

——放心吧，作为你的朋友，在娱乐场合，对你的一直表现不佳，我和我们肯定给予谅解的。

考试了。戴老师将考试题抄到黑板上，同学们在作业本上照着抄下来，做好后交上去，戴老师判分儿。卷子？考试发卷子、答卷子，那是你读中学以后的事儿了。考试的内容、题型以及赋分，又是怎样的？实在记忆不起来了。

每次考多少分，你记不清楚了，但肯定科科九十多分。小二郎"不怕太阳晒也不怕（那）风雨狂，只怕先生骂我懒，没有学问无脸见爹娘"，你的心理肯定也一样哩。

你在村小整整读了三个寒暑。十多年过后，村小停办，那块"永红小学"校牌，早已不知填进了谁家的灶火膛。但十几年间，有时你从校门口路过，情不自禁拐进去，东摸摸西瞅瞅，自言自语几句，或者什么也不做，只是发一阵子呆。"那时候好像永远是夏天，太阳总是有空出来陪伴我们，阳光充足明亮，使得眼前一阵阵发黑。"多少年后，偶然读到电影《阳光灿烂的日子》里的一段台词，你以为是为你写的似的。村小一直书声琅琅，在你的眼前、耳畔、梦中，"马牛羊高山小河"，"人民大会堂庄严、雄伟"，"一月大二月小三月大四月小……"

秋天到了，天气凉了，一片片黄叶从树上落下来。一群大雁往南飞。一会儿排成个"一"字，一会儿排成个"人"字。啊！秋天来了。

——即使是萧瑟的秋天，也是如此地婉约、唯美，哪怕这样的秋天，只在你们的朗读和背诵中。

你后来见到的，"街里"的学校，道这边道那边，总是商店。"街里"孩子有钱，商店里满是他们喜欢的，零食、玩具、学习用品……你们管"城市"叫"街里"，"街里"管你们叫"乡下"。街里是个圆圈，圈外的难以挤进去；乡下在下面，轻易上不来。

记忆中的棉花糖又松又甜，学校门口也是一毛钱一大团。吃过几次已经记不得了，因为学校门口这类小贩特别多，小时候也嘴馋，经常买了吃。有一次学校组织秋游，是去公园。在公园里看到有卖棉花糖的，自然忍不住买了。嘴里吃着甜甜的棉花糖，躺在草地上，天空很蓝，而一朵朵白云就像是一团团棉花糖。吃着棉花糖，望着那么多"棉花糖"，真的是好享受啊！

诸如此类"生于六十年代"，怀旧的文字，多少年来，在报刊上在书籍上不绝于眼，只要阅读，躲都躲不开；而你身为一介书生，离不开也不离开阅读。当遭遇此类文字时，心里什么滋味，五味杂陈？

而当时的你，就是一个"小二郎"吧，尽管这"小二郎"——

小老舅有一支枪，木头做的，基干民兵训练用；看小老舅爱舞枪弄棒——哪个男孩不爱？——他的父亲便给他顺手"拿"回一支，毕竟是队长嘛。小老舅整天"杀呀，杀呀"地杀将不停，你却只有在一旁呆看的份儿。小老舅杀累了，才把心爱的枪给你玩玩儿，不一会儿，没等你尽兴，枪又被小老舅要了回去。"我分儿比你高！"你在恋恋不舍却又万般无奈的时候，能不冒出这样的念头吗？尽管只是刹那间，尽管你与小老舅好得穿一条裤子还嫌肥。你母亲是孤女；你姑姥姥父母早年双亡，只有姐弟二人相依为命。同命相连，加之年龄相仿，家境相似，两家大人走动得频繁，小孩子自然亲密无间矣。

一次又一次的"刹那间"，被迫不被迫地自觉不自觉地，脆弱、敏感的你，以"小二郎"为榜样了。

3

1977年秋，下店学校。

夏天，考完升级试，过了一个星期，再返校领上暑假作业，从此，你告别村小，到大队学校读书了。自从头年杨老师调走后，村小也缩编为三个年级段了。

大队学校在下店村，学校便叫了下店学校——小学、初中均设，只好笼统称为"学校"。自从升到大队学校，你的视野开阔多了。

你的黄书包不知是谁用过的，开始便是旧的，你接着背三四年，显得越发旧了，但没钱换，也便一直用着。绽线开花的地方，母亲衬上一块儿布，针脚密密地缝上。你的文房四宝，除了念书必需的铅笔、钢笔、小刀外，便是文具盒，盒面磨得也掉漆了，尽管你小心又小心地使，可"草原英雄小姐妹"的图案，如果你不特别说明，任凭他是谁，也看不出来了。这还是姐夫高中毕业后，不用了，转送给你的。而别的同学，男生的书包，虽然也大多是黄帆布的，但带子是带子包是包，女生的更甭说，新新鲜鲜花花绿绿。至于他们的文具，比你多不说，格尺还是塑料的，透明的，能弯着玩儿的，文具盒鲜鲜亮亮的，晃人一下那个刺眼。

平时，大人给你买的作业用纸，大多是海纸，上坟用的那种纸，灰黑色，粗粗拉拉，不是这块儿"少肉"，就是那块儿有草棍子，在上面写字，用铅笔写看不清楚，用钢笔写容易洇。这倒不全怨纸了，钢笔水（墨水）也不好。钢笔水家里不给买，给买的是二分钱一片的颜色片，用水研磨均匀了当钢笔水。写出的字，颜色总是不那么纯正，也浅；而买来的钢笔水，蓝黑色或者纯蓝色，写出的字格外漂亮。人靠衣裳马靠鞍，字靠钢笔水。钢笔尖倒无所谓好坏，只分带肚的和不带肚的两种。你使不带肚的，这样的搁使。正着使秃后，背过来使；背着使秃后，立着使；立着使秃——不等使秃，蘸不上钢笔水来了。

不比不知道，一比吓一跳，与大多数同学相比，人家富，你家穷。在村小读书时，你对此没有察觉；到大队后，你视野开阔起来，明显地察觉出来了。

姐夫在大队的代购代销店"上班"。大人们下地干活儿，那叫上"工"，你们是上"学"，而你姐夫是上"班"，而且三种人里排名第一，啧啧。店里既"代销"也"代购"，鸡蛋是代购品之一。你家的鸡蛋，一颗不足一两，而你去卖，姐夫仍按一两算。自然，也上秤称的，可你已经年过十岁，看得出来了，姐夫称时，只是照量一下，并不怎么端详秤盘星。算账时，按一颗一两、一两七分钱、七分钱一张大白纸算就是了。

每次去店里，你总是瞅准机会，趁人少时去，紧卖紧买紧走。走出店后，每每忍不住自言自语：二小，好好念，一定好好念！——你一边走路一边自言自语的习惯，便是从这时养成的吧？

——你能不好好念吗？

大约是冻惯了鬼儿，刚入秋，你的手脚便开始刺痒；隆冬时节，手早艳若桃花，脚也鲜如乳酪。不是没采取措施，年年秋天，母亲都要给你做双棉鞋，不管用，手脚该冻还冻。——就是这样的人吧，村东头老张家的孩子，冬季穿夹鞋，在冰上耍，脚就是不冻。

每天在家里，做完功课，母亲便要给你治冻伤。眼一闭牙一咬，你把脚伸进母亲倒来的滚烫的辣椒水里，洗；再一会儿，眼一睁腿一伸，你把脚放在母亲烘好的糠火盆上，烤。你没啥事，烫得受不了就拿出来呗，烤得受不了就退回来呗，可母亲受不了，嘴里不停地叫"小儿，小儿"，你烫完了，母亲紧忙给你抹獾子油；你烤完了，母亲紧忙接着给你再抹獾子油。獾子油治疗冻伤效果最好，营子西梁上有獾子，偶尔能抓住一只半只的。

——你、能不好好念吗？

一瘸一拐没什么，小孩子；实在穿不上鞋，万般无奈，方同小花猫做伴，日夜缠绵于炕头上，人称"炕头儿先生"。不能下地玩倒也没什么，要命的是你的学也因此不能上。怎么办？看你可怜巴巴的样子，姐笑了：我背你上学。姐是你们中的老大，帮母亲照顾你们，是她的责任。姐背你到学校，老师简单辅导一会儿，留下作业，姐又背你回来。姐的后背真暖和，姐的手掌真大，姐的步伐真快。姐当时二十岁，正年轻，可那时的冬天，不刮大风便下大雪，道路极少好走。

要离开村子读书了，大人们着急，这可怎么办呢？嘿嘿，怪不？反而不冻啦，哪怕外面的世界，冬天更寒冷。大约人的一生，什么都是定数，在村小读书时，你的脚冻够了。

——你、能、不好好念吗？

每天交上作业，老师一批，照样满纸的红对钩，照样是大笔一挥：五分！即使上四年级后，你的学习照样拔尖儿。

——你能、不、好好、念吗？

这年，哥参加中考，没考上。哥是小伙子了，回来时，没告诉大人去接，行李是自己背回来的，走得顺脸淌汗。你正在树上摘杏，看见哥回来，马上溜下来，将摘的好杏挑给哥吃。你家的杏是麦黄杏，此时正好熟透，一点儿不青也不涩了，吃起来又面又甜，放到嘴里一吸溜，杏肉进肚了，根本不用嚼的，一边吐核一边品味就是了。而哥只吃两个，便不再吃，盯着你，欲言又止的样子。咦，哥有事儿？你也不再吃，着急地看着哥。哥叹了口气，终于幽幽地说道："你好好念吧。哥这辈子书是念到头了。"

长这么大，你第一次听哥这样对你说这样的话，你的眼泪唰地流了下来！哥才十七岁，也应该是孩子呀，却说出了"一辈子"的话！

——你、能、不、好、好、念、吗，啊？

何况，你从上学起便是小助手，小助手当然选成绩优秀的同学。

当了二十来年学生，总结自己的求学史，从学业成绩来看，小学是绝对的上等生，初中是相对的中等生，高中一段时间是疑似的下等生，大学忽略不说。这是怎么回事？大约在童年，你的智力也处于高峰期，而以后的十几年，却渐渐跌入低谷了吧？

感谢高峰期！在以后漫长的学习生涯中，成绩一不理想，你每每拿小学的荣耀，来培养自己的自信力。一路地培养下来，尽管仍然止不住下滑的趋势，但终究还算学业有成。至今，你抽屉里的毕（结）业证，中小学的不算，盖着"大学""学院"之类公章的，新新旧旧，有那么三四本呢。

更为重要的，爱读书与读书，在你的人生履历上，几乎是同步的。语文甭说是读得滚瓜烂熟了，一篇范文正着一口气读下来算什么，倒着一口气读完才算能耐呢。算术你也把它当语文来读，"在抗美援朝的一次战斗中，一名战士有15颗手榴弹，向美国鬼子投掷8颗手榴弹后，又投掷了6颗，这个战士还剩下多少颗手榴弹？"做这道题对你来说——你是算术尖子——就是写字的空儿，没意思；读题本身才有意思呢。——意思在哪里？只有你知道了。可惜，教科书就两本，远远不够你读的。从二年级开始，你又读起"闲"书来。家境贫寒，没钱买"闲"书，你只好借。记得借阅过《雷锋的故事》《小砍刀的故事》，还有刊物《红小兵》等。为了借阅《西游记》，你顶着瓢泼大雨跑到人家里不说——那家人住在营子前街，而你家住在后街——还假装亲热地叫人家"舅"。哪门子舅哟，远得不能再远！

你爱书成癖了。一天两天的，有什么事儿牵扯着不读书，勉强觉不出什么；如果过了三天仍没书读，哪怕再忙，也觉得没着没落的，没精打采，提不起神来。这时若是有一本书，不，哪怕只是一张有字的纸，嘿，你的精神头儿马上就上来。可你的陪房营子哟，哪有那么多书供你读！你只好读长篇小说《金光大道》，读红宝书《毛选》四卷。正念小学，斗大的字才识一麻袋，红宝书博大精深的理论你读不懂，读书后的集中注释，人物简介、事件说明、成语溯源……一样有滋有味，可读性强着呢。

癖好一旦养成，习惯成了自然，读书也便不再是苦差事了，虽说耽于看书，烧火溢了锅，火燎着头发，头撞到树上……嗨嗨，多啦。

你居然还淘到了一本昭乌达盟教育学院编辑的《中学生阅读文选》！在作家魏巍回忆童年生活的一篇散文中，他提到了老师教他们的一首诗：

圆天盖着大海，

黑水托着孤舟，

远看不见山，

那天边只有云头，

也看不见树，

那水上只有海鸥……

"今天想来，她对我的接近文学和爱好文学，是有着多么有益的影响！"作家深情地总结道。这首诗对你，又何尝不是这样！苍茫的海天，神秘的想象，质朴的抒写，陶醉了一个孩子多少孤独的时光，多少贫乏的体验，多少寂寥的憧憬！

大海诱惑着你了，尽管至今，你没有到大海上航行过，只跋涉到海边，耍水、眺望。——也许，五百年前，你的前世在海上生活过？莱阳所处的胶东半岛，本来一条腿伸进海洋一条腿插进大陆。《大海啊故乡》是五百年后，专门为你创作的吧？"……海风吹，海浪涌，随我漂流四方……大海啊故乡，我的故乡，我的故乡。"与五百年前稍有不同的是，伴随漂流着的，还有你海腥味阴凉的文字。

4

她姓刘，名儿——据你说——忘记了，乡下女孩子取名，无非是花呀叶的，那就叫她小花罢。小花与你同桌，那时你刚升上四年级。十一岁的你个头较矮，同娇小的小花派在一桌，是很自然的。

细细纤纤的小花，头发却一点儿也不细纤，两条小辫儿粗粗的，辫得紧紧地垂在脑后，一走起来特别是跑起来，煞是亮人眼睛。缘于此吧，小花在你的眼里，不同于别的女生了。同学们效仿高年级学生，在课桌上画"三八"线，大有呼吸之声相闻而老死不相往来之势，你对我分寸不让，我对你寸分必争。但你没画，小花也不画。也是，桌面是水泥板的，想画也颇不容易，用笔画——不敢，怕画坏笔尖；用刀子划——太费工夫。小花脸儿白净，常常隐隐地有香气飘到你鼻下；一口糯米牙整齐、细小、亮白。天渐渐地冷起来，小花穿一件碎花棉袄，没外罩，袄袖短些，一写字儿，她柔润的小而白的腕子，随即裸露出来。有时，你冲动地想摸，却终于不敢。毕竟，"羞羞臊臊，脸上挂副老驴套"，这句儿童常用语，也时不时地挂在你的嘴上。

窗外是越来越冷的冬，教室里却觉不出怎样，这倒不是因为你穿得厚，棉袄还是老棉袄棉裤还是老棉裤，而是与小花同桌，便将冬忽略了：课上你俩忙于听课——论成绩，你俩都是上等生哩，小花语文好，你算术棒——冬挤不进来；课下，抄着手，头歪在桌上，你俩细细交谈。内容呢，现在可是一点儿也想不起来了。你俩谁还理会这是七十年代的冬天，外面的世界一片肃杀呢。

说起小花的语文好，也真是，她的字同她的人一样，娟秀、干净：字好，语文能不好吗？你的字不行，做算术题，不是写错数字，就是字写得过于潦草，被老师判为错误，让你这个算术尖子有苦无处诉。毛驴不走道赖轴辕，你迁怒于钢笔，摔得啪啪啪山响。小花看在眼里，便送你一副新笔尖。怪不？从那以后，你的字好起来了。笔尖也是最普通的那种，下端很小，不带"肚子"，蘸不上多少墨水，写几个字就得蘸一下，但笔尖绵软，不划纸，写起字来怪舒服的。

小花偶尔没来上课，你心里没着没落的，无精打采。自习课上你一反常态，不是懒得去管，便是没好声气地乱嚷别人两嗓子——你是学习委员，"在其位，谋其政"。

关于这段童年往事，年轻时，你将其做了浪漫化处理。在一篇文字中，叙述之前，你主题先行道：

在同龄人对爱情还懵懂无知的阶段，我的爱情之花已朦朦胧胧灿烂过了。

为了证明主题，你还虚构了一个美丽而忧伤的结尾：

　　这些算什么呢，甚至——

　　是因为这些吗？不知是哪个捣蛋家伙，在我俩的格尺上，分别偷偷写上"小两口"三字，字特大，顶天立地铺天盖地。见到的瞬间，我脸腾地热了，猛然醒悟这是……老奶奶们哄孩子，常常这样启蒙：孙呀，长大干啥？说媳妇！说媳妇干啥？缝鞋补袜，点灯说话。……小花将来要给我缝鞋补袜点灯说话？小花脸刷白，咕哝了一句什么，伏在桌上。

后来，你将其还原，前面加的则是另一番思考了：

　　一个小学生，终归还是孩子，"好好学习，天天向上"已经是高标准严要求，再加上"苦大仇深"，负担之重，可想而知矣。

　　但，天底下学生应该拥有的，我同样一样不落，我也有"同桌的你"哩。

是的，"一样不落"。

英金河畔，昭乌达蒙族师范专科学校。

"眼前一个你／梦中一个你／眼前的你不在梦中／梦中的你不在眼前／／一个我在叹息／一个我在微笑／我的左腿往前迈／我的右腿向后拐／／我是你的什么／你是我的谁"，诸如此类，"哪个少男不钟情，哪个少女不怀春"，在你也是一样的了。她的齐耳短发，她的琼瑶鼻头，她的会说话的眼睛，她的总带着微笑的面容，噢，还有她的略显发黄的牙齿……于你，都是你的眼泪你的欢笑你的无眠了。哪怕隔着重重的山水，隔着沧桑的岁月与流年，她是她了，没有是你的什么，正如你是你了，不是她的谁。

让天空上空空荡荡去吧，鸟儿已经飞过了。尽管到西辽河畔，通辽，你止不住这样想——

没什么，只是想了，来看看你。看看你转身时，微微飘起的黑发；看看你说话时，习惯稍稍扬起稍稍倾斜的头，哦，还有那对隐现于发际间、无法形容的耳朵；看看与你在一起，哪怕片刻，风怎样刮，云怎样飘……

在你二十余年的学校读书生涯中，形成了定势？你总是坐第一桌，尽管你的身高曾经达一米七七，坐在前排并不适宜。

5

1979年，你小学毕业。毕业时，总分全大队第一，被评为三好学生。

以前，对三好学生的评价标准是"二分加小老虎"（多亏陪房营子毕竟是穷乡僻壤，"标准"不到这儿）；拨乱反正后，"五分加绵羊"。"五分"不用说，"加绵羊"你也毫不逊色呢，别无选择，你被选举为三好学生。然后，去公社参加教育界先进代表大会（简称"先代会"），领三好学生奖状、奖章。

你的确是三好学生，而且是"代表"哩。

智育毫无疑问免谈，身体也免谈了吧：整个童年，你连感冒都没有摊上过；满身病痛，是近些年才有的事儿。至于你体育课成绩一般，与身体好不好关联不大。

品德上你也绝对好哩，"绵羊"一只。这两年冬季，学校要求同学们为校田拾肥，还规定了具体拾肥任务。至于要求每个同学拾多少斤，倒是忘记了。你对数字一直不敏感——只是怪哉，你居然数学好。班主任分配给你的职责（你在班里的职务是副班长兼学习委员），是为同学们既估斤数又记账，出纳、会计一肩挑。这不符合财会制度，但它符合诚信原则。如此说来，你不是"绵羊"谁是"绵羊"！

三十多年过去，学生早晨上学时一肩背书包、一肩背粪筐的情形，永远过去了。让我们向历史致敬。

对于"公社的小社员"，歌中唱道："手拿小镰刀呀，身背小竹篮，放学以后去劳动，割草积肥拾麦穗，越干越喜欢。"这算什么，你哪仅仅"放学以后去劳动"，而是实打实地在队里劳动过，挣两个半工呢。记得是薅草苜蓿，你们叫"好汉子拔"。是"汉子"而且得"好"汉子才能"拔"，一个小毛孩子，"拔"得了吗？——怎么"拔"不了？"拔"了两天，余勇可贾；又"拔"上半天，才"拔"不动的。

不过，你必须进行自我批评：放学回家的路上，远远地看见老师骑车子过来，如果跟前儿有地方藏人，你和同学们往往躲起来，待老师骑过去，远了，才你扮个鬼脸我伸下舌头，继续一边打闹一边回家。按照校规，学生见到老师要敬礼的，少先队礼。此时，"红小兵"已恢复为"少先队员"。

亲爱的老师，一见到你们，我们就躲起来，你们太清楚怎么回事了，不是不尊重你们，而是我们害羞。——你们自我检讨。

总而言之，你这个三好学生，作为"好好学习，天天向上"的代表，绝对货真价实哩。"在'学雷锋，创三好'活动中，被评为三好学生，特发此状，以资鼓励"，这个奖状，不奖励给你奖励给谁？

作为体制内的一员，这么多年来，各式各样的会议，你自然没少参加；大大小小的奖项，你肯定也领过一些，却都没有这次印象深刻。印象深刻的地方很多，比如去时乘坐的是大队的胶轮拖拉机，车牌号为03—26278（记住车牌号，肯定与对数字敏感与否关了），比如第一次在"大礼堂"开会，比如拍了平生第一张照片，比如……这些与"记忆"无关，有关的是——

由于通知从家里自带小米（自带口粮参加政府组织召开的表彰会，现在还有吗?），你以为尽吃小米饭呢，哪知顿顿不是大米就是白面，小米只是熬饭汤!

大米饭，你以前已经吃过几次了。不在自己家，是在别人家。你觉得除了比小米饭软和些黏糊些，别的也没啥；白面做的馒头、花卷，以前偶尔也吃过，更觉不出有什么特别。但油条，这可是第一次，你吃得何止是津津有味，一边吃，一边还吧唧呢。咦，油条是怎么炸出来的，这么香！以前你只是听大人说过，油条是炸出来的，作料是“三矾二碱一钱盐”，但只是听说而已，从没见过。

下顿吃油条前，你找个借口，去了伙房。呵，热气腾腾，香味酽酽，师傅们正炸油条呢。一口大铁锅，里面是小半锅翻滚的油（后来打听，知道是葵花籽油），师傅将弄好的条状面丢进锅里，翻过来调过去炸——果不其然，油花儿吱吱油星四溅，不一会儿，条状面由白变黄，金黄，师傅控控油，捞出。

噢，怪不得油条这么香呢，原来是放进油锅里炸!

夜里，你失眠了，想油条。

放进油锅里炸吃的，以前你见过炸丸子。营子里谁家办事儿，少不了炸丸子这道菜（丸者完也，表示菜已上齐）。可那炸的是菜呀，而现在炸的是饭，油条！油多金贵啊，你家全年才只有一小坛油，杀了年猪，母亲把猪膛油或者干脆是肥肉㸆熟，倒进坛里。真正的猪油，板油，得卖的；葵花籽油？刚时兴种葵花，过年时炒着吃还不够哩，哪想到当油吃！熬菜时，母亲每每用铲子挖出一小点儿猪油，菜不把锅即可，绝对不会多放的。“日子比线儿还长，有柴一灶有米一锅，这顿都吃了，下顿吃啥?”母亲放油时，如果看见你们眼巴巴的，自然晓得是啥意思，却又忍不住这样念叨。但你们毕竟是小孩子嘛，肚子缺油寡水，总还是想着多放。有一回，大人在地里忙，顾不上做饭，叫你做——你也巴不得做呢。熬角瓜时，你放的油，足有平时的两三倍之多！谁知，熬出来的角瓜非但不香，而且是苦的，苦得发涩！大人倒是没数落你，可你自己那个懊丧啊！这是怎么回事？过了好久你才明白，原来，猪油过一个六月后，不但不新鲜而且有哈喇味，稍微一多放，菜可不就苦了。你家的油，还真不能多放！

哎，对了，带的那五斤小米，恐怕连一顿油条也换不来的，公家肯定没少"补助"了。

——这不就是"大富大贵"吗，啊？兴奋不已，你将油条升华了。

关于富贵，吃上，你听说最奢侈的是御宴（当时你以为是某种食物名，后来终于弄明白，所谓"御宴"，即皇帝佬儿吃的饭）；穿上，你听说最贵重的是火绒单（据说是人能在冬天穿的一种单衣，其实不就是今天的保暖内衣嘛）；住上，你听说最豪华的是"楼上楼下、电灯电话"；行上，你听说最好是坐飞机，三叉戟……而这些，你根本没有形象认识，没法去想便也不去想。但油条，这种纯粹用油炸出来的饭，你不但亲眼看了，而且亲口吃了。油条是你摸得着看得见的"大富大贵"。

为油条而奋斗！在心里，你一遍遍地喊。"油条会有的，豆浆会有的，一切都会有的！"在随后而来的八十年代，你将它作为自己的座右铭，鞭策自己。

这年秋季开学后，羊肠河畔的校园里，琅琅的读书声中，开始传出English的声音，尽管这声音还只能是"我是I你是you，来是come去是go，点头yes摇头no"的水平，蹩脚的、洋泾浜式的。

是一个时代都"沸腾"起来了。

6

1978年新年前后，国家恢复高考了。这次，不管现在是不是学生，只要念过中学的，都可以报名。大人兴奋得奔走相告：又回到传统上了，老辈子叫科举，现在叫高考，一回事儿。

报上名了，接下来备考呗。一时间，全营子黑夜睡得晚的，准是有"赶考举子"的人家；起得早的，同样是有"赶考举子"的人家。大家笑称考生为"赶考举子"。队里给"赶考举子"放了假，准许他们在家备考。

自学不几天，"赶考举子"们犯愁了：没老师教，不知道咋学呀。怎么办？好说，公社教育办公室找老师给考生辅导。时间紧，任务重，怎么办？好说，政治油印资料，背；数学讲完公式，背；语文押作文题，写人的是《咱们的老队长》，写事的是《打谷场上》，背。

"举子"走进考场了，陪考的家长还在嘱咐："记住啦——写人的是《咱们的老队长》，写事的是《打谷场上》。"

考完试没下来分数那段时间，有人满营子嚷嚷："一个也考不上，出的题太怪了，问北京大白菜多少钱一斤，你说这题，啊，这题，咱们这疙瘩谁答上了？"过了两天，那人又满营子嚷嚷开来："那天，我听走道的说的，以为是真的呢，闹了半天，是人家哨着玩儿的话。哼，北京大白菜一百钱一斤呗，这还用考举子，考我还将就着。"

……

"可惜，这次高考，咱们营子一个没考上，但这没关系，只要让考！"事后，人们一提起这事儿来，仍然兴奋不已。

那年的高考作文题是《在沸腾的日子里》。是的，"打倒四人帮，人们喜洋洋"，国家政治上"沸腾"了；恢复了高考制度，你和你们的读书生涯"沸腾"了。

1980年夏天，初一升学考试开始了。

下店学校是小学"戴帽"，但现在帽子只戴到初中一年级了。再读初二，就得往公社尖子班考。考上，自然是继续读书；考不上，你的学业便是黄花菜了。这次考试对你，应该说很重要但不成问题的，几年来，你的学习成绩一直蛮优秀哩，婶子、大娘的都夸你。

考试的头天晚上，你去婶家向堂弟借笔使。考场在别的大队，离家十六里地，带蘸水使的钢笔，自然是不可能了。婶家比你家富裕，堂弟有水笔。本来，你也有的，但用了好几年，早坏了。……记不清是堂弟的水笔也坏了，还是因为别的什么，反正，你空手而归。

一夜无话。第二天早饭后，母亲见你一反常态，磨磨蹭蹭，便催你快点儿，别误了考试。平时，你根本不是让大人操心的孩子。母亲不催还罢，一催，哇的一声你哭了，母亲慌忙问你原因，你索性躺在地上，打着滚儿号啕大哭，却不肯说出来。母亲急急忙忙请来戴老师。师道尊严，你一边抽泣着，一边半吐半咽，一边在老师的挽扶下，爬了起来。

戴老师是有水笔的，并且立即塞给了你，笔也是普通的那种，不包尖，六毛钱一支。但走着去，时间肯定是来不及了。母亲叫人将姐夫快找回来，姐夫有自行车。姐夫带着你赶到考场时，试还是考完了。姐夫向监考老师说情，老师破例让你补考。姐夫是有"工作"的人呢，面子大。不好意思：一人考试，两人监考，你仓促地答一会儿，就慌慌张张交了卷。下午考语文，你一切恢复正常。

补考的是数学，你得三十九分。而一年前，小学毕业统考，你的数学成绩是全公社第一名，差四分满分。最后，你以总分超分数线三十八分，考上了公社尖子班；假如不考数学，总分就差一分了，好悬。

营子里人家的日子，虽说决不像广播宣传发展得那么快，什么"蒸蒸日上"，什么"一日千里"……但变化还是有的：电灯代替了油灯，压水井代替了大口井，驴车代替了挑筐；至于三大件呢，车子多起来了，全营子差不多有十辆吧，缝纫机也多起来了，手表倒只有一块，戴老师新买的，但却是上海产的，全钢防震哩。而你家，除了电灯是同时换的外，新家具不是添置得晚，就是还没添置。

但这都没什么，只要你考上学！不管吃的是棒子面还是白面饼，不管穿的是补丁衣服还是板板正正的涤卡，不管住的是小土房还是大瓦房……最重要的，不管父母是队长还是社员！只看品德是否合格，只看身体是否过关，只看成绩是否上线！

总之，原来以为离你遥远的高考，现在近了，不得不近，不能不近……否则，你不是学习好吗？那管屁用！顶多念完高中，还不得回来？！

最终，在"千军万马挤独木桥"的年代，无数次"少壮不努力、老大徒伤悲"后，无数个"三更灯火五更鸡，正是男儿学习时"后，无数回"哪儿跌倒，就在哪儿爬起来"之后……你接到了大学录取通知书。

那是一个"为中华之崛起而读书"口号喊得震天响的年代。

读大学之前，你没有记日记的习惯，但学习生涯的点点滴滴，你无一遗漏地记下来，记在心上，省得占用笔墨纸张了。你的一个同学，正在那儿修大干渠呢，听说考上大学了，兴奋地把铁锹从渠这沿扔到渠那沿，"我这辈子，再也不当庄稼人啦——"——这些还用得着浪费笔墨记吗？

你倒没兴奋，而是神色郁悒。去学校拿上通知书，你溜达着走开。学校附近有一家市场，全是摆地摊儿的。"转转吧，反正也没啥事儿了。"转悠到卖鞋的跟前，卖鞋的招呼你："买双鞋吧，你看——这双就挺合适的，又结实又好看。在家蹚泥下水的能穿；出门穿着也蛮行。"高考结束后，你一直在家里上山干活儿，头发老长了，脸晒得黑红，手心磨出茧子来。你买了一双。

通知书上要求学生报到时转粮食关系，家是农村户口的，得到粮站卖三百斤粮食才能转。你家里圆仓是有的，柜是有的，麻袋、口袋什么的也是有的，但粮食，归拢到一起，兴许能凑齐三百斤？那两年年头儿连续不好，家里没存粮。就这三百斤，要吃到新粮下来，已是勉强。你家这时五口人，你爸你娘你们哥仨，大人秋头子上活计重，能吃；你们哥仨呢，"半大小子，吃死老子"。

……家里向老车头借了三百斤粮食。老车家同老王家、老吴家都有亲戚。老车家日子也一般，稍有余粮而已，但"富帮富，穷帮穷"。

耱地时，你牵着牲口在前，你父亲扶着犁杖在后。谷子长势一般，时而还有缺苗，被虫子吃的。你父亲将犁杖压得很深，但犁杖好像还是没费劲，滑过去了，听不到地湿润时犁铧子切断草根的咔咔声，更闻不到冲鼻子的土腥味儿。一遭地耱下来，犁铧子还是犁铧子，一丝儿湿气不沾；犁杖还是犁杖，一星儿草色不染。地太旱了，上旱完了下旱，地下土也是干的了！牲口倒是呼哧、呼哧喘粗气，那是热的。

歇着了，你父亲要么在那儿抽烟，有一口没一口地——父亲有气管炎，不敢实着抽，但又怎能不抽！要么去给牲口薅些草来，让它吃着省些事儿。你坐在地头上，望天望地，天万里无云，有云也是丝丝片片的白云，下不了雨；从苗下往远瞭望，地苟延残喘，气息奄奄。偶尔有风刮过来，也是热的，刮到嘴里使劲咽一下，满嘴咸滋滋的。

但当你站起身来，再往远看，天是辽远的蓝地是广阔的绿，世界生机勃勃。

从此，你再没正儿八经地做过一次农活；没必要做了，你不再以农为生、顺垄沟找豆包，而以吃粉笔末子和爬格子为生。只是每年秋季回家时，到场院里走一走转一转，看亲人们面朝黄土背朝天了。这年你二十岁。

但你越活越发现，你的一生，在二十岁之前便已经确定下来了。在你出生时便已经确定下来了。在你先人那里便已经确定下来了。在你的前世便已经确定下来了。你不过是重复从前，顶多稍微延长一段路程而已。

大千世界，五光十色，争奇斗艳，但你注意过没有，你和绿色和黄色有亲近感，靠近物体时，如果有选择，你每每不由自主地选择绿色和黄色的物体或其部位。绿色和黄色是庄稼的颜色啊，绿色时庄稼正生长着，黄色时庄稼该收割了。

第二章　先人往事

1

洮儿河。这是一条距离羊肠河约一千五百余华里之遥的河流。是的，"遥"，在此之前，你没有离开过羊肠河一百五十华里。1988年。但此时已不再是春末夏初，而是"而今识尽愁滋味，欲说还休，欲说还休，却道'天凉好个秋'"，秋霜满天的时节了。

一天深夜，你起来小解，边解手边无意瞭望，噢，不远处的矮墙上，一轮圆月忧郁着，黄黄的，不掺任何一丝杂色。你心一动，不禁向前奔去，被草绊了脚——时令已是深秋了——你才停下来，愣怔着，凝视。此时此刻，全世界都沉浸在梦乡里，唯有你同黄月亮，在幸福的梦乡之外依依对视，如一幅写满乡愁的写生。

那哪是一轮月亮哟，分明是母亲烙的一张黄米面饼子，遗落在远方的夜空。

公布毕业分配去向时，你却没能分回家乡，而是因了"名额"——上届没有完成而必须由你们完成的名额，你的家乡不是"农村"了，你的家乡不是"边疆"了，你的家乡不是"祖国最需要的地方"了，你"支边"了。

名额！名额，名额……

——这是此生此时的你，毕业分配上身不由己；假如是在今天呢？尽管教育由计划时代转入市场时代，早已没有"名额"一说；尽管隔着茫茫的岁月与流年，而你江山已定：一切似乎已前世注定。而命运之神克罗旭说：前生不前后世不后，沧海桑田之后，沧海依旧是沧海桑田依旧是桑田。

2015年，春末夏初时节，内蒙古大学。

毕业生们正在为自己的前途忙碌着。这届毕业生中，没有你的亲人，没有你的学生。……他们都不来自自己至今仍属"国家级贫困县"的家乡吧，可为什么又总有些面孔是那么的熟悉！每当大四模样的学生从你身边走过，你总情不自禁打量一眼，那目光里有忧伤更有祝福。

九点零六分，火车鸣笛了，送站的同学挥手、哭喊。其中有一位同学，出生于矿工之家，心如煤炭一般火热，竟然随着火车跑起来，摔倒了站起来，却仍然顾不上自己，继续奔跑继续挥手继续高喊。四哥你们也挥手、高喊，但见到这一幕后，不知别人如何，你的手僵住了，你的声音哽咽了，眼泪唰的一下流下来，模糊了你的视线。你别过脸去，使劲闭上眼睛。但你分明地感觉到，泪水还是从眼睛缝里涌出来了……

轰隆、轰隆、轰隆隆，火车加速越驶越远了，你努力睁开眼睛，喊声听不见了人影看不见了，可你的大脑也漫漶开来，空白一片了。不知过了多久，思维才东一角西一隅，向大脑聚拢过来。而聚拢过来的第一个思维便是——

王国元，你离开家乡了！

这是你有生以来，第一次坐火车，第一次坐火车出远门，第一次坐火车出远门到一个你刚刚知道名字的地方，第一次坐火车出远门到一个你刚刚知道名字的地方去工作。

这个地方叫兴安盟。你被分配到了盟下面的突泉县，在县城里的教师进修学校，执教普通教育学。

这里的天空低而平，老家的天空高而深，天空下的万事万物，则更是另一个世界了。

同是天涯沦落人，相逢何必曾相识！金子是你姐了，小李子是你哥了。

金子、小李子是一对同学恋人，本来只是你的校友，广义上的同学而已，在校并不认识的。你和金姐分到一所学校，小李子则去了另一所学校。金子、小李子、你，三个人在一起做饭吃。你们立了一个账户，户名：金李王。

有一天晚上，不知怎的，你饿了，便到小卖部买了一袋花生米。买回来，你习惯性地直奔金姐宿舍。刚要推门进去，猛然想起不合适。这时，你金姐他们还没结婚，金姐和两个女生住在一起。学校是进修校，学员的年龄普遍比你们还大呢。夜已深了，贸然进去，有碍男女大妨。踌躇再三，你极不情愿地走开。那袋花生米，你一个人独吞。生理上的你饱了，心理上的你饿了。——你们哭在一起笑在一起。

二十二岁上半年，你长大未成人；二十二岁下半年，你长大成人了。

2

此时此节，早已模糊的祖先的远年，真切在你面前了，真切在你心里了，真切在你流年里了。祖先是你的从前，你是祖先的现在。尽管已经隔着多少个天翻地覆的朝代，多少代岁岁年年人不同的人生了。

黄河下游，山东省登州府莱阳县王家庄，清朝道光末年。

因了王姓先人最早在此立庄，庄子便叫了"王家庄"。至于王姓先人是哪朝哪代、由何处迁徙而来，没有记忆了；总之这儿的土地，一眼望去，尽是黑黝黝的熟土，而将蛮荒之地捣弄成熟土，攥一把出油，没有千八百年的春种秋收，是根本完不成的。

反正这时的庄子里，地下埋着的，无一例外是王姓的先人；地上繁衍的，无一例外是王家的后人。面孔红里透黑，手掌又宽又长，嗓门粗声大气，男的个个是标准的山东汉子，女的人人是标准的山东女汉子。虽说风调雨顺五谷丰登总在传说中，但靠着黄河水的浇灌滋养，倒也生死两旺，阴阳两界绵延不绝。

庄子里的一根草也姓王，一朵花也姓王，枝繁叶茂时姓王，干枯凋零时也姓王。

庄子里有兄弟二人，兄王富弟王荣，上无爹娘下无妻小，只有祖上传下来的几亩薄田。凭着拼死拼活的耕作，前些年倒也能勉强糊口；但这两年，黄河连续发洪水，田地冲的冲淹的淹，根本无法耕种。哥儿俩只好以佣工为生，遇上用长工的就打长工，遇上用短工的就打短工。哥儿俩正年轻，都有一身好力气，可因了洪灾泛滥，用工的也少了，有劲儿却没处使。

"该死的黄河哟，该死的……"站在惨不忍睹的耕地上，远远地瞭望黄河，人们不再馨香祷祝，禁不住诅咒起来。——诅咒能有什么用呢，黄河发起疯来，谁能阻拦得住？泥涛肆虐，根本不理会人们。

这天，哥儿俩分别出去揽活儿，结果谁也没有揽到，只好垂头丧气地回来，你瞅我我瞅你。耐不住饥饿，两人只好出去挖野菜。水灾过后是旱灾，这些天，老天像下了火，大地变成蒸笼，赤野千里。野菜？好年景时，没谁怎么理会，只是在地里忙完活儿，或者农闲时节，多少挖些回来换换口味尝个鲜；现在，要把它们当饭吃了，才猛然发现，锅里没米的时候，地里也没野菜：原来总是地先挨饿人后挨饿。别管柴不柴的了，别管哪种好吃哪种不好吃了，跑了老远的道，挖了老半天，两个大小伙子总算挖够吃一顿的。回来洗巴洗巴，又东翻箱西倒柜的，这儿抖搂出两粒豆子，那儿捡来半把陈米，胡乱放到一起煮熟，凑合了一顿。

饭后，哥儿俩抽烟。"哥，咋办啊？"王荣问王富。王荣和王富是脚踩肩膀挨肩儿来的，王荣比哥哥小不了几岁，爹娘又下世得早，"有父从父，无父从兄"，王荣特别敬悌哥哥，哥哥是他的主心骨；"长兄为父"，王富对自己的弟弟，自然更疼爱有加。他们与孔圣人是大同乡，尽管已经隔了不知多少代。

"唉！"王富没说什么，只是重重地叹口气。装了一锅烟，狠狠地抽上两口，像是下了决心，王富说道："上蒙古草地！"王荣大腿一拍："对，豁上啦！"随即哥儿俩都在心里叹道："难哪。"却谁也没有说出来。

小时候，哥儿俩便听爹娘和庄里老辈子人讲过，一百年前吧，好像是雍正年间，遇到灾荒的年头儿了，朝廷发出号召，老百姓可以去蒙古地方，"借地养民"；乾隆爷时，则更是大力提倡。衙门口的人说，那里地广人稀，有的是地种，地还肥沃着呢，种下庄稼，能长一人来高，光穗头子就一尺多长！啧啧。只可惜，朝廷号召归号召，实际呢，并没有真心诚意允许老百姓想去便去。庄子里早年有人去过，但千里迢迢地去了，不是在道上，朝廷检这查那千拦万阻，很少有人真的到达；就是真的到了，租成租不成蒙古王爷的土地，也两说着：租成了好说，把头儿在中间不挑拨，盘剥就盘剥点吧；一旦租不成呢？

嗨，说穿了，还不是——

山东这边呢，发生饥荒了，灾民没饭吃了，朝廷害怕灾民起来"吃大户"，咋办？皇恩浩荡，"尔等何不各赴丰稔地方，佣工觅食"。蒙古那边呢，汉人去了，肯定要和蒙古人打交道，和蒙古人打交道一多，蒙汉一家起来，一有风吹草动，能不联起手来反抗朝廷？朝廷是烧火棍打狼——两头害怕。

蒙古王爷也是手捧火炭儿。贪图租子，公开地私卜地公私两面地，租地给汉人种，乍看起来，这对他们是再好不过的事儿，春天把地租出去，接下来，单等着秋后收租子就是了；实际呢，他们心里也有个怕啊，汉人去得多了，种着种着，还不得总有那么一天，把他们的草原全种上庄稼。——没有了草原，蒙古人还叫蒙古人吗？

咱是老百姓，不管什么朝廷不朝廷。朝廷自古至今，换了多少朝代了，咱老百姓不还一直是老百姓，守着咱的一亩三分地，一辈子又一辈子！——蒙古王爷更说不着。难的是大家管他们叫"雁行户"。

哪朝哪代，这样管理过户口呢？春天可以去外地种地，秋天却必须回老家，不准在外地长期居住！唉，人要真是大雁也好，张开翅膀飞就是了。春天想去，飞上几天，到啦；秋天想走，飞上几天，回啦。可人没长翅膀不说，有腿倒也能走，年轻的没问题，成问题的是一大家子人，老的老小的小，说走哪儿能是一拍屁股的事儿，走得了吗？这可不是平常素日走个三天五日的，过后仍然回来，而是一走至少一年啊……好年成时，贪恋"四十亩地一头牛，老婆孩子热炕头"，你让他走，还不一定走呢。

庄稼人终归是庄稼人，站着和高棵庄稼一般高，坐着和矮棵庄稼一般高，一辈子走不出庄稼地。

一百来年里，遇到天灾人祸的年月，实在没法子活下去，还是有人走，总不能等死！老了病了，让老天爷收去，那没办法；等着穷死？不行，绝对不行，"好死不如赖活着"。只是哪，去的人多回来的也不少；没回来的，不是死在道上，就是又去了别处。总之，年年春天顺顺利利出去，秋天高高兴兴回来——背上背着鼓鼓囊囊褡裢的，没几家。大多数的，不外乎几年下来，原本完完整整的一大家子人，却弄得个七零八落。家没了人烟，坟没了香烟，只有荒草满院荒草连天。一家子人失散了，一支子人血脉中断了。生不在一起了，死不在一起了。几乎没听说过真的有哪家，最终在那边儿安家落户，重新过上了安生的日子。

这些问题对王富哥儿俩，倒不怎么成问题，上无老下无小，哥儿俩吃饱了全家人不饿啊。难的是，世世代代用血汗浸热的乡土，说离开就离开得了吗？

过了一些天，王富哥儿俩还是准备上路。

一场暴雨，房子塌了，坟地淹了。暴雨过后，哥儿俩和全家族的人，慌忙到祖坟去寻找先人的骨殖。我的天老爷，哪里还寻找得到！只有一块半块的棺材板子，仍然不屈不挠地插在淤泥里。

这倒也好啊，自己的家没了，列祖列宗的家也没了。哥儿俩买些黄表纸，到祖坟附近点燃，吊唁先人。地面潮湿，纸没燃多久灭了。哥儿俩点了好几次，举着，微微摇晃着，才勉强将纸烧完，地上还是留下很多纸片儿。哥儿俩眼泪在眼圈里打转儿，却一声也哭不出来，只是呆呆地凝望高空。高空里只有连绵不断的云彩。一朵云彩飘过去了，又一朵云彩飘过来。它们没根儿，风吹向哪里，它们便飘向哪里。

哥儿俩变卖了家产。虽说是穷家薄业，家徒四壁，又加之灾荒连连，早已家不成家业不像业了，但居家过日子，总还是少不了有些家三伙四，坛坛罐罐的，虽值不了几个钱儿，卖个麻钱也是个钱吧。

将院子里的鸭梨树砍了，做成两根扁担。听爷爷说过，他小时候，树已这么高这么粗了。这些年来，树越来越老，结的鸭梨一年密一年稀。但年年的，春天到开花的时候还是开花了，夏天到结果的时候还是结果了。果子成熟时，清风吹过，鸭梨的香味老远老远飘过来，顺手摘下一个，啃一口那个香那个脆，嗨嗨，甭提了。而现在，鸭梨被风雨剥蚀得早已不见踪影，叶子零碎得有一片没一片，树根也裸露出来，树皮更是斑驳，堆满裂纹。"放了吧，省得再受罪。"哥儿俩一边放树一边说。不知是人吃不饱饭没力气，还是树太老刀太钝，哥儿俩轮换着砍了好久，才终于将树放倒。瞅一眼倒在地上的树，再瞅一眼参差不齐、颜色惨白的茬口，哥儿俩久久地对视，低下了头，谁也不说话。

第二天起程。深夜了，王荣起夜，见哥哥在那儿抽烟。自己也睡不着了，陪哥哥说话。王富对弟弟说："二弟，你再把家谱背一遍。"哥儿俩不识字，也没听说祖上有哪位先人识字，王富所说的"家谱"，无非是先人的名字。王荣背了一遍，王富点了点头，过了半晌，说："睡吧。"王荣答应一声，转身要睡去，却见哥哥还是心事重重，根本不想睡的样子。哥哥什么时候睡的，王荣不清楚了。

夜更深了。每天黑夜的这个时辰，星斗早已阑珊，但这夜，星斗满天，星光无遮无拦映进屋里，窗户早已没了纸。王富面向窗外，嘴叼着烟袋，却并不怎么抽，总是过半天，才有一口无一口地吧嗒上一下两下，但一锅烟尽了，马上又装上一锅。

第二天天一亮，哥儿俩马上起来，做饭的做饭，收拾挑子的收拾挑子。吃完饭，买房子的人过来了。人一走，房子便不再是老王家的了。说是卖房子，卖的只是房子之上的，三间房木檩子；房下的院落，人家没说要。

王荣把锅拔出来，刚想往挑子上放，王富走过来，将锅高高举起，猛地朝地上摔下去，啪嚓一声响，锅碎了。锅早已是口破锅，沿儿掉了好几处碴，锅底出了砂眼，每回做饭，总要先糊上点儿面什么的，再将灶下的火焰尽量扒拉开，免得漏水熄了火。这么一摔，更是四裂八半了。王富挑了其中两块面积不大、形状特殊的，拼了拼，恰好能对上碴口，一块递给弟弟，一块留给自己。王荣在一旁看着哥哥，大感不解。王富对弟弟说："二弟，从今往后，咱哥儿俩去逃荒，就说不定咋样了。"顿了顿，王富接着说下去，"记住，不管咋样，咱们是一家子人，咱们，还要把祖宗的香火，续下去。"王荣的眼泪一下子涌了出来，但看了看手里的锅碴，还是露出不解的神色。"咱哥儿俩一旦走散了……咱们的后代一旦谁也不认识谁了，就对这锅碴；锅碴对上了，就是一家子。"王荣恍然大悟，眼泪却又止不住更加汹涌起来，叫了一声"哥"，便再也说不出话来，只是赶紧找块布头儿，把锅碴包起来，放进贴身的衣袋里，又摁了摁才放心。

"二弟，"王富扯过弟弟，跪了下来，"磕个头吧。"兄弟两人在院子里磕了三个头。屋子是百年老屋了，房顶塌陷门窗破败，但因了四壁由石头砌成，壁没断垣没残，筋骨俱在，而且青森森的，看起来仍是那么硬实。

哥儿俩一人挑起一副挑子，和买房子的人打声招呼，走了。

王氏兄弟和身下的挑子，都是那么破旧，但扁担是崭新的。在扁担的映衬下，破旧的人破旧的挑子似乎也新了起来。老鸭梨木质地结实，担副轻飘飘的挑子毫无问题。

高空里，云彩还是一朵接着一朵飘过来再飘过去，然而在王家庄的上空，云彩停了下来，是送兄弟二人吗？直到二人走远，慢慢地变作两个黑影儿了，才又朝远方飘去。起风了，随后天下起雨来，风儿不疾雨也不大，但风雨交加，给人的感觉是那么的阴冷；天也暗下来，灰蒙蒙的，感觉则更阴更冷了。

这年到底是哪一年，在兄弟俩死后，年头儿一长，后人没谁记得了，只知道是清朝道光年间，先祖是兄弟二人，从山东逃荒到了内蒙古。

在王家庄王氏的族谱里，从道光年间起，有一支子离开了，从此再也没有回来，这一支子人传到王富、王荣这一代便戛然而止，血脉中断了。——不！王家庄的亲人们，你们知道不知道，二百年后，内蒙古的草原深处，仍然有这么一支人，与你们同祖同源？

王富、王荣兄弟二人，正是你和你的族人们在蒙地羊肠河畔的始祖。

早在王富、王荣之前，同在黄河流域，但是黄河中游了，一群又一群的庄稼人，有的因了天灾有的因了人祸，有的因了天灾又因了人祸，开始从洪洞县大槐树下，走起西口来，来到蒙地。

黄河　你不是要困死我吗
要么淹死　要么旱死

睁开眼看看吧
在你身边不屈不挠的是谁

是我绵延不绝的子孙
是永生永世的我

　　想不起是在什么时候在哪里，你忽然看见的这首诗，你惊悚不止惶惑不止号啕不止。

3

　　2011年初冬，黄河上游，乌海。

　　此时你人近中年，人生不再局促不安，但纠结依然。这次来，是应朋友之邀来采风的。采风完毕，你独自出城，城东黄河岸边，你极目远眺，水天相接处的黄河，白日依依，暮霭腾腾，原野苍茫，西风沉寂，天地间一片肃穆。站在大桥上，你想哭想唱想叫……这是一条怎样的河流！不必说她是整个黄皮肤、黑眼珠的母亲河，单具体说你的先人，因了这条河，曾经有过多少生死歌哭，有过多少离愁别绪！最后，你含着眼泪笑了，眼泪与笑声顺着桥落进水里，融入到黄河中。

　　二十多年前，你人在他乡。

　　1989年，也是春末夏初时节，因了一件什么新闻，翁牛特的名字出现在国家级新闻媒体上。所谓"新闻"，无非是新近发生的事儿，有没有价值不论，应该不值得"记忆"，问题是"翁牛特"，被播音员念为"翁中特"了。

何尝不知道"牛"字写潦草了，被误为"中"字，报界一口头禅云：无错不成报，本没什么大惊小怪。但听到的刹那间，你的整个身心痛苦地缩紧了："上海"写成"土海"，"天津"写成"夫津"，以它们的富庶、繁华、声名，播音员播音时会让它们复原的；而你的翁牛特啊……中而不牛！

年岁不会虚长，但过往毕竟刻骨铭心；或者反过来说，尽管过往刻骨铭心，但年岁毕竟不会虚长。调回家乡十六年后，你在给四哥的信中这样写道：

四哥：

晚上做饭，没味素了，你弟妹叫我去买一袋。买味素时，我无意间瞭望一下货架，架上还摆着瓶装水果罐头，广口的，敦敦实实的那种，近年来已是罕见了，我的心"咯噔"一下，赶紧交款拿货走人。

华灯初上了，我循一条僻静的小路，一边散步，一边在心里同你倾诉。知道不？我心"咯噔"的是我们曾经的岁月与流年呵。

毕业时，因为人所周知的原因，咱们不能回各自的故乡，得到他乡工作。

挤上九点零六分的火车，咱们先还说话，但不一会儿，便沉默下来。人能有多少话啊，黑天白夜地厮混在一起，早说尽了。现在，除了不沉默的火车，全世界都沉默了。别了，欢乐而忧伤的大学生活；别了，生我们养我们的故乡。

十六年过去，我想不起那个白天是怎样过去的，黑夜又是怎样降临的，大约那天我傻了吧。吃没吃饭喝没喝水？今天推测，恐怕是吃喝也只是胡乱地吃喝一点点。你呢？你是哥哥，伙食从来都是你管的，粮票你拿着饭你打；这个时候我更不管了。

迷迷糊糊中，夜已子时，我到站了。你叫我下车，我便机械地跟在你后面；下车后，你从包里掏出一瓶罐头，叫我拿着，我便习惯性地拿在手里。几年来，一直这样呵，你走哪儿我跟哪儿你买啥我吃啥。

乘务员招呼上车，你说："我走了，你别忘了吃罐头。"你转过身去上了车。咣当、咣当、咣——当，火车声越来越响，终于将我"咣当"明白了，我大喊一声："四——哥！"火车早已驶远，你根本听不见了。你还得再坐一大段路，到更遥远的他乡工作。

……

起风了，夜凉了，得回去了。推门进屋，你弟妹同孩子已经睡熟了。——四哥，毕业十六年了，咱们也过来了。

此时早已不是鸿雁传书的时代，而你的书信情结依然。与时代，你并不是亦步亦趋的。

洮儿河畔的岁月，在你本来是现实主义，因为无奈，为了生存，你才远走他乡，千里迢迢跋涉到了洮儿河南岸，劳作、呼吸和睡眠。但，许多年过去，洮儿河在你的记忆与想象里，沉淀成浪漫主义，称之为漂泊了，尽管这漂泊，是困窘的艰辛的苍凉的。

其实，即使永远现实主义，不也可以吗？哪里的河水不滋养人？！所谓故乡，先人为生存而奔波的最后一站罢了。假如你一直在洮儿河畔生存或者生活下去，你的后人们，不也得称洮儿河为母亲河吗？就像你们的远祖将黄河称为母亲河，而你们却认了羊肠河为母亲河。

不过，这是你今天的现实主义了。在那黑夜比白昼漫长的日子里，无论如何努力，你也现实不起来。纵使今天，虽然洮儿河在你的梦里澎湃不已，而让你真的再喝她的一口水，你会吗？这是否愧对洮儿河的乡亲们呢？他们温暖过你的白天乃至黑夜啊。或许，二者风马牛不相及吧？但愿。

两个主义搅和着你，让你纠结不已。年轻时节，你曾经写过一篇短文《拒绝"嗯哪"》，洮儿河流域的人们应答别人问话时，习惯说"嗯哪"；而你们习惯说"嗯"而不"嗯哪"。假如是现在，你还写吗，啊？

既不说"嗯"也不说"嗯哪"，多好！但，这又怎么可能？

4

春末夏初时节，万物生长，乡愁更是疯似的生机勃勃。

你瘦了，以前你也不胖，忙着长个儿了，这时，你个儿已经一米七七，显得你人更瘦了。瘦削的你，傍晚时分，总是站在那里，面西背东，凝望夕阳。夕阳怜悯你，也便悬在那里，久久地不落下。有学生走过来，先还向你打招呼；后来，他们了解了你，遇见了，"王老师又……"也便远远地绕开，不再打扰你。偌大的天地间，只落下你站在老地球上，和夕阳相互凝望。

日里毕竟忙忙碌碌，能糊弄着过去；夜里独居一室，窄小的居室宽绰起来，乡愁从四面八方围过来，你无处隐藏，好在室里的物什，多少转移点你的注意力，汹涌的愁潮才平复些。这儿是桌子，那儿是床，桌子是教工用的饭桌，床原本是学生宿舍用的，上下床，一共八个铺位呢……可，你总得睡眠！灯一灭，你的世界除了黑暗就是乡愁，阴凉的黑暗阴凉的乡愁，你的全身心，也便百分之百裹于阴凉中了。

屋外星光满天，屋里一灯如豆。你伏在寂寞的书桌上，一行行温馨的文字，伴随着洮儿河的水声，从你的笔下汨汨而出。

夜深了，一切都静下来，妻子和女儿均匀的呼吸声使屋

里显得更加静谧。

　　端详着女儿嫩嫩的小脸，我的心却再也平静不下来，爬满了思绪。今儿个女儿来到世间恰好满月，本来自己高高兴兴的，谁知此时的心里竟说不清是什么滋味。燃着一支烟，浓浓的、青青的烟雾迷漫开来，笼住了我，笼住了妻儿，笼住了温暖的小屋，笼住了一切……

　　孩子，等你二十岁的时候，爸爸要送你远行——

　　夏季的九点钟，太阳已经高照，天还没热起来，正宜于乘车。提着爸爸给你准备好的行李袋，你坐上去往南面一个小城的班车。坐在车上，把目光投向窗外，窗外是一片草原景象。这景象你早已看厌了，无非是"天苍苍，野茫茫，风吹草低见牛羊"呗。可，你还要再好好地看一看。

　　看累了，你不妨闭上眼休息一会儿，反正你到终点站下车。刚闭上眼，你马上会有一团疑雾在心头升起，为什么要让你一个人远行呢？爸爸只能酸酸地告诉你：也是二十岁，也是夏季，爸爸也曾第一次远行。

　　快到中午，车到了那个小城。不要急于吃饭，立即买车票，吃一点从家带来的点心就可以。下午一点钟，你又坐上车。这是一列去往T城的火车。车小得可怜，只有五六节；慢得也可以，二百里的路程，要走整整一下午。你不妨坐在有太阳的一侧，太阳不那么燥热了，忧忧郁郁的，孤孤寂寂的，抛落在草原的上空。你和太阳对视，一会儿，你肯定会可怜起它来，是谁把它抛在了这儿？连个伴儿都没有！一想到这里，你会觉得自己挺委屈：爸爸为什么让你一个人出来，一个人？

　　总算到了T城。去往红城的车将近九点才开。你有一段空闲时间，爸爸告诉你这样利用：先去买车票，然后吃饭。

吃饭不要走远，就近。一个女孩子家，单身在外，要多加小心。吃完饭，就站在车站外，看夕阳，看夕阳一点一点地落，一点一点地落，一直落到山的那头，山的那头。听着各种口音的行人，渐渐地散去，散回各自的小家。风一丝一丝地刮过来，刮来了凉爽，肯定也刮来了别的什么。孩子，好好地咀嚼这"别的什么"，这"别的什么"，就是爸爸让你一个人出来的原因啊。

九点钟，又坐上了车。已是夜晚，外面的景物模糊不清。车上的人不多了，一人一座，你可以睡一会儿。放心，乘务员的态度很好，到站会叫醒你。可我估计着，你肯定睡不着，至少也睡不踏实。迷迷糊糊的，一会儿是咱们家，一会儿是爸爸向你常说起的老家，心渐渐地被分成两半，老也合不到一块儿，又好像被谁偷了去，空荡荡的。那滋味，纵是伟大的语言家，不亲临其境，也难以描述其万一的。倒不如没有心的好，揣测你会恨恨地这样想。可人怎么会没有心呢？天！

好歹熬过去了。三点五十五分，你到了红城。红城是爸爸的故乡，在这儿，爸爸度过了大学时代。你名字中的"红"字，就因此而来。跑下站台，拐过街角，就是汽车站。不用再找旅社了，去往爸爸老家的车八时二十分开。

去往爸爸老家的车总是很挤，你是有座的，倒不怕。不过，爸爸劝你，有上岁数没座的让给一个座。你总还年轻啊，虽然这时的你已经很疲劳。乡下人热情，他们问你是哪儿人，上哪儿，直接回答就是了。有认识爸爸的，先准是惊诧不已，没想到爸爸都有你了——我漂亮的、可爱的女儿。接着会问起爸爸的情况。你告诉他们，爸爸很想老家的人，只是没机会常回来。他们热情地邀请你去玩，你要好好地表示谢意。熟了，他们会提起和爸爸在一起的趣事：什么和爸爸一起去偷瓜跑到半道瓜摔个粉碎啦，什么爸爸两三口喝掉半斤酒两小时后吐一大堆啦，什么在班里给老师来个恶作剧啦……这当儿，你看到了陌生的爸爸。爸爸的童年、少年永远丢落在那里了。孩子，假如让你突然地离开生你、养你的老家，离开你熟悉的、热爱的人们，而且是永远，你会怎样？

到家了。奶奶的白头发一点一点向你挪来，你要紧上前去，搀奶奶。奶奶一边打量你，一边已是老泪纵横。你要一边给奶奶擦泪，一边告诉奶奶：爸爸、妈妈都想着奶奶，忙，回不来，就让你一个人回来。——她老人家怎么会知道爸爸的心思呢？

吃饭了，你坐在奶奶的身旁。家里人自然都往你碗里夹菜，夹给你，吃就是了。当然，你不会忘了给奶奶夹菜，奶奶的手不好使。奶奶岁数大了，牙又掉了很多，吃不了硬东西，要夹烂烂的给奶奶吃。奶奶就是不吃，吃不了，心里也乐呀。老人家辛苦大半生，图的不就是这个吗？

饭后，把爸爸的礼物拿出来给他们。爸爸没什么好东西可送，他们也不稀罕这些，可总是爸爸的一片心意哪。

在老家住着，一定不要忘了爬村后的山。站在山顶上，脚下是爸爸常向你描述的满山野花，眼前流淌的是爸爸常向你描述的小河，久居小城的沉闷感会一扫而光。人这时总想痛快一下，你就大声喊吧，喊什么都行。爸爸小时候常这样的。喊后，你可能涌上一股莫名其妙的感觉。这总不是你熟悉的小城和乡下的草地哦。爸爸为什么让你在车上好好看看故乡呢，那曾经看厌的草原呆腻的小城现在在你心中还厌还腻吗？

孩子，这回你该明白了吧，爸爸这样做，是为了让你也体验一下乡愁的滋味啊！可怜、可恨的乡愁，赶不走丢不掉的乡愁，欲休还说欲说不能的乡愁！

　　爸爸一人离家在外工作，身心上的痛苦甭提多难受了，多亏遇上了你妈妈宁静。是她抚慰了我受伤的心，是她使爸爸有了家，咱们温暖的家。你名字中的"静"字就取自这儿。至于我们的故事，等你长大了，问妈妈吧。

　　再燃着一支烟，烟从岁月的这头一直向岁月的那头燃去……

　　你为这篇文字取名《告诉孩子》，借他人酒杯浇自己块垒，这篇文字略有虚构。——你多么地想"宁静"啊。几年后，你将"宁静"迁移到哥哥的两个孩子身上，为哥哥的两个孩子取名，一名"宁"一名"静"；你甚至还写下一篇短文《一生宁静》。

　　但，"宁静"得了吗？乡愁是人的DNA，世代绵延不绝，虽然此乡愁非彼乡愁。——也许并不全然？洮儿河川的天空，与王家庄的天空居然有几分相像哩，只是隔着迢迢的山水，悠悠的岁月了。造化造得人颠三倒四，时空错乱不堪。

5

　　表面上，人活一世；实际上，人活三世，前世为先人，今世为自己，后世为后人。今世的你，是前世的先人，借你的身子活着。今世的你，是后世的前身，后世将如影随形今世的你。

　　那，还是让我们把目光，投向远年的先人吧——

　　锅碴没有用上，王富、王荣哥儿俩没有走失，哥儿俩的后代也生活在一起。不，还是用上了，被他们带进另一个世界。在黄泉里，他们先后怀揣锅碴，踏上返乡的路程，他们要和陌生了的王家庄陌生了的亲人们对碴口。他们要告诉王家庄的天空和大地，要告诉王家庄的每一棵树每一根草：老王家我们这一支，没有中断香火儿，又在内蒙古羊肠河川，名儿叫陪房营子的那个庄子，扎下根了成了家了。我们不再是雁行户，政府有政策了，我们死后，政府马上给我们的儿子上户口，我们哥儿俩一共有五个儿子。将来，儿子们肯定还会有儿子，儿子的儿子们接着再有。我们这一支要代代相传，世世繁衍下去。

只是这"告诉"，其中包含着怎样的艰难怎样的辛酸！如果有谁来陪房营子王氏祖坟，看到的天空的云彩，总是那么悲壮，一朵紧接一朵，从远方悲壮地涌过来，又向远方悲壮地奔过去。

光阴荏苒，辗转到今天，将近二百年的岁月，已然成为过去！过往的一切，消失在风雨中了。但，历史终归不是虚无，来有影去有踪。

"羊肠河"是这条河流，流经陪房营子附近后才有的名字，它的上段称"玻力科川"。对"玻力科"，旗地名志这样解释："玻力科"系蒙古语"玻日河"的谐音，汉译为"草深林茂、野兽出没、少见行人之险地"。呵，一个只有三个字的地名，竟然隐藏着这么恶劣而凶险的一大串！对"羊肠河"，地名志这样解释："羊肠河"系蒙古语，是以此河中游的因只嘎梁（在陪房营子以北三华里处）取名"因只嘎高勒"，汉译为"黄羊羔之河"，后习称"羊肠河"。可以想见，王富、王荣兄弟俩来到这儿时，有着怎样的境遇了。唉，穷人的脚下，土地有一块是一块，有就比没有强！

——朝廷宣称什么"蒙古田土高而且腴，雨雪常调，无荒歉之年，更兼土洁泉甘，诚佳壤也"，大白纸上坟糊弄鬼呢。

营子的后面矗立着一座山，山叫小孤山，名副其实：小，小孩子都能一口气跑个来回，半口气从山脚跑到山顶，再半口气从山顶返回山底。孤，平地里拔出来的，与谁也不依不靠，营子东、南两面的营子，距离陪房营子，要么六华里要么四华里，小孤山根本列不到它们的名下；西面的倒是仅仅一里地，又正好隔着羊肠河；北面的是二里地，可与之相接的是另一架山了。

这么孤独的山，附近没有，附近的山总是连接在一起，绵延成山脉。小孤山是先祖逃荒时，从王家庄一路跟随过来的？王氏后人止不住这样联想。可不，山自己也应该有脚的，尽管所谓"山脚"并非指它的腿脚。秦始皇的"赶山鞭"再威猛，山也得有腿有脚，才能被赶走。

名字也"小"也"孤"，多少年来，王氏后人居然一次也没听过，别的地方的人们，哪怕是与他们熟悉得不能再熟悉的乡亲，清清楚楚地、完完整整地，叫出过它的名字。

小孤山啊小、孤、山，王氏后人一望见你一想起你，眼前怎能不浮现出当年先人的形象？先人也"小"也"孤"啊。也许山的名字，正是这样来的？

——小孤山太小太矮了，地名志没有录入，假如录入，用这番推测解释由来，应该可以的吧。

同时因了此，"牛顶架"也必须录在这里了。牛顶架，陪房营子西梁的一处向阳而避风的山坡。因王氏先人在此搭"牛顶架"居住而名。牛顶架，一种瓜窝棚，木杆斜插捆绑在一起，状如二牛顶架，住者将其习称为"牛顶架"。王氏先人在此栖息，后迁至梁下河岸东面，"牛顶架"被拆除，不复存在。

本地有多处称"牛顶架"，由来与此毫无二致。

"有山有水的地方，就有中国人"，世人皆知啊。而有了小孤山有了羊肠河水，你们的先人"夫复何求"！

河岸东面的土著是蒙古族，他们是蒙古贫民。此时的羊肠河流域，农田渐多牧场渐少，不再宜于放牧。逐水草而居的蒙古人，多少有些牛羊的，便不断东迁，而蒙古穷人没有牛羊可放，便留了下来，向汉人学习农耕，逐渐以农为业。

对"陪房营子"，地名志上这样解释：清道光年间（1821—1850）建村，因村中住有随嫁的奴仆（旧称"陪房"），故名。不清楚王氏先人初来内蒙古草原时，先后落脚在哪些地方，但能推测出，他们最终在陪房营子扎根原因何在了：自觉不自觉地，穷人总选择和穷人在一起。至于这"陪房"，到底是营子里的哪姓人家，地名志上没有说；这么多年了，你寻找与自己中断联系的早年好友一般，耗费大量心血，却始终没查证出，营子里的哪姓人家祖上是陪房；也许他们后来搬走了吧……或许，是营子里至今仍居住着的老戴家？他们是营子里的蒙古土著。穷人的心是相同的，不分民族。至于他们祖上即使是随嫁的奴仆，蒙古语里也当不会称"陪房"，不管它了，但他们的祖上肯定出身贫民，这是错不了的。噢，怪不得，营子里的蒙汉两个民族世代联姻，血液早已交融在一起；乡亲乡亲，房连脊地连边，土亲人能不亲吗？"土居三十载，无亲也是故人"。

穷人有了穷人的帮衬，哪怕再"小"再"孤"，活能活下去了，死能死下去了。

离开老家的时候，哥儿俩带上了父母生前用过的一个烟袋和一副顶针。来到这儿后，他们走遍了附近的山坡，选了又选，最终选中小孤山后的那处阳坡，做了父母的坟地：这儿风水好啊，起码地势高，肯定不会犯水。一年清明，哥儿俩深深地挖坑，将红布包着的烟袋和顶针埋了进去，烟袋在东顶针在西。随后，每年的清明节，哥儿俩都要来祭奠。

隔着小孤山，哥儿俩在山前的地上，劳作；父母在山后的地下，长眠。

清明节这天，哥儿俩不管活计忙闲，都给自己放假，提前打好酒，然后一分为二，一份祭奠父母，一份留给自己。晌午了，平常在家没有喝酒习惯的哥儿俩，却心照不宣，每每地喝醉。喝前醉意已有三分，喝后醉意更浓。醉了，哥儿俩又每每地找出锅碴，端详不止，泪流不止。锅碴锈迹斑斑了，冷不丁看上去，像是耕地时偶尔捡到的大箭头。那些箭头，是哪朝哪代的兵在这儿用过的，他们的家乡在哪里？……

这些年来，哥儿俩心里一直很纠结。扎紧腰带熬上几年，攒上点儿钱，还是回去。虽说老家已经没家了，但那总是老家，喘口气儿，都是再熟悉不过的味道！那味道不是咸不是淡，不是喜不是悲，就是一个熟悉。

这儿的蒙古"安达"（朋友）为人豪爽、热情，中交，跟咱"山东棒子"合得来，特别是一喝起烧酒来，跟咱"武二哥"一样一样的。——武松武二郎是山东人世世代代的官"二哥"。可终归蒙古人是蒙古人汉人是汉人，交往起来不方不便的。

回去，回去，回去，可……这些年，不断地有乡亲逃到这儿来，听他们说，王家庄连营子都快成河道了，还往哪儿回？——乡亲们顺着这儿，也把"庄子"改嘴叫"营子"，还叫不顺溜；当着自己的面，又尽量叫。可不是咋的，叫着就是别嘴！

"就在这儿扎根吧。"乡亲劝慰他们；渐渐地，他们也这样劝慰自己。话是这么说，实际呢——

农忙的时候，哥儿俩披星戴月地忙，连觉都睡不够，脑袋也便什么也不寻思；可农事再忙，也有闲下来的时候，特别是逢年遇节，哥儿俩的脑袋里，还是老家老家老——家，不招之即来却挥之不去。白天干这忙那的，人的心思全用在活计上，别的什么也顾不上，但黑夜睡觉了，做起梦来，梦中的自己总是走来走去，好像在哪儿流连忘返，看不清楚，最终定睛一看，唉唉，还是老家的山老家的水！……睁开眼睛，只听见风声呜——呜——，水声呜——呜——，星光也透过窝棚，呜——呜——

不过——

刚来的时候，在哥儿俩的眼里，蒙古地区的天空，和老家的比起来，奇怪，为什么那么高那么深？天下天下，应该只有一个天，要高都高要深都深啊。……噢，这儿是蒙古不是山东，是"营子"不是"庄子"。而几年过去，不知不觉，天居然变得不怎么高不怎么深了，又平又低起来。——天怎么会变？还不是人……云彩也熟悉起来，晴天时，不管冬夏全慢悠悠地懒洋洋地，像山坡上吃饱了的绵羊；阴天呢，夏季，总是从西北老营房山那边起云头，山包似的，这时，人得马上往家跑，备好几天的干柴，它们眨眼间就滚过来，跟着的保证是一场大雨；冬季，云彩又黑又厚，锅底灰似的时候，准保要下大雪了。

黑夜，枕着羊肠河的水声，觉也能睡安稳了睡香甜了；有时出门，不得不在外住宿，听不见羊肠河的流水声，反而睡不着了，哪怕那里也紧挨着河套，水声也哗哗不停，可哗哗和哗哗不一样哩。外人分辨不出来，也没必要分辨，可自己分辨出来了，太熟悉了嘛，乃至哗哗的流水声中，哪个声是河的哪段发出来的，是哪股水发出来的，是碰到哪块石头发出来的，他们全听得出来，印在了脑里。——这个地方，远看，除了山还是山，再无其他，但细看过去，每座山下，长短不论，差不多总有一股水，山泉水，流得稍微远一些，人们便叫它们河了。

羊肠河呀羊肠河。是，你窄，从岸这边往岸那边扔块石头玩儿，没使劲儿，石头仍能落到岸那边老远；也浅，人蹚着过来过去，连搭石都不用；也短，从灯笼河（地名，并非河流名）的大横立山山下开始算起，流到老哈河就到头了，不过四百来里，而且还得把河湾儿算上；要不，还不知短多少。——嘿，羊肠河这名是谁起的，真会起，真像羊肠子哩。甭说别的，在梁下就拐了两个弯儿，上山头一个下山头又一个。根本算不上河嘛，河汉子。

可，你供养着我们。夏天，在地里耪地，人累得散了架，机械地拖着腿回来，一到你这儿，咕咚、咕咚喝上一气，再吐噜、吐噜洗上两把，嘿，精气神又回来啦；更甭说，用你的水做饭，嗯，好吃，就是好吃，又解饿又香甜，吃着长劲儿。你的水都能吃，别的更甭说，一句话，用得着水的地方，洗衣服浇菜和泥抹"牛顶架"……哪样都不成问题啦。嘿，夏天晌午头儿，死热荒天的，上你那儿洗澡，再好不过了。先把衣服洗了，晾在石头上，然后洗澡。晌午河套安静，没人来，愿意咋洗就咋洗愿意洗多会儿就洗多会儿。洗完了穿上衣服回家，乏解了累没了；过晌干起活来，痛快着呢。

……你也发大水，发起来一样吓人，不过你再发，人住在山坡上，坟安在高包上，庄稼长在梁上，你冲不着。而黄河……

不知不觉中，王富、王荣兄弟俩的心境起了变化。也是，山上的榆树，叶子黄了又绿绿了又黄；山下的河套，河水冻上又化了水声小了又大了：一晃，兄弟俩来到羊肠河边，已经是十个年头。

土居十载，和营子里老戴家，他们已经是地地道道的乡亲了。一见面，他们总要互相戏谑上一阵子，汉人叫蒙古人"老蒙古××"，蒙古人叫汉人"山东（都）棒子"。如果外人看见了，以为他们在互相辱骂，哪是呀，那是他们在亲昵。朋友之间亲昵的时候，是毫不客气的；人，有永远客客气气的朋友吗？

更甭说和汉人自己了！盘腿坐在炕上，抽起烟来吃起饭来，酒酣耳热之际，"咱们差啥呀，就差个姓。"的确，论起亲戚来，可不都是——同辈的表兄表弟，隔代的表叔表侄，自家人，"就差个姓"嘛。

王氏兄弟对羊肠河川的味道，越来越熟悉了。

6

"牛顶架"是个地名了，但因了山坡的位置，向阳则阳光充足，避风则不易传染虫害，营子里的人们，便常常在这里种瓜；一种瓜，自然要搭瓜窝棚："牛顶架"又名副其实了。

你小的时候，在西瓜成熟季节，需要有人看瓜，而这时每每正值暑假，小孩子嘛，出于好玩，你去过"牛顶架"，并且住过一宿两宿，但美其名曰：看瓜。其实，看瓜看瓜，看的对象主要是小孩，你的伙伴们，个个是馋嘴淘气的半大小子；大人不是没有，"青瓜绿枣，谁见谁咬"嘛，但极少。而小孩在自家的瓜园里，不但有瓜可吃而且可以放开肚皮吃，随吃随消化，上面吃着下面尿着，两不耽误，看也便名存实亡了。因了吃，你感到"牛顶架"倒也不错。可吃劲儿过去，真的在这儿看起来，不准离开，而看的对象又少，实在难以忍受，才感觉到"牛顶架"哪有家好哟。

而你的先人曾经在此居住，一住多少年，情形会是怎样呢？不堪想象，但这是真的。

来到陪房营子，每天忙完活计后，王富、王荣哥儿俩总是坐在一起，抽上一阵子旱烟，解解乏。这儿的旱烟，模样丑，叶片坑坑洼洼，像癞蛤蟆皮，但抽起来劲儿大。哥儿俩装好烟后，总是王荣先给哥哥点着，然后再给自己点。烟雾缭绕，不一会儿，几乎将哥儿俩的面容笼罩起来了。哥儿俩不管这些，接着抽下去，你吧嗒一口我吧嗒一口。烟堵住了哥儿俩的嘴。

在外人面前，两人也不是不爱说话，但只有哥儿俩时，却马上闷葫芦了，哥哥的心思弟弟知道，弟弟的心思哥哥知道，用不着话儿了。唉，说又说啥好呢。

逃荒路上的千辛万苦，就别提了，不辛苦能叫"逃荒"？靠祖宗保佑，命大吧，总算来到了内蒙古草原；至于朝廷和蒙古王爷的刁难，也别提它了，老家不也这样嘛，天下乌鸦一般黑。只说……怪不得在老家时，每当大家伙儿问，秋天背着鼓鼓囊囊的褡裢回来的"雁行户"，谷穗子真的一尺多长吗，而这时，他们总是躲躲闪闪支支吾吾，不做正面回答，每每岔到别的话题上去。

在老家，说评书的一说起年月长，习惯醒木一拍手绢儿一甩，这么地来上一句，"自从盘古开天地，三皇五帝到如今"。是盘古爷开天地时，把这地方落下了，这地方三皇五帝没管理过吧？不然怎么一坡又一坡的，全是荒地，好像从来没有人耕种过？可说也怪，种地时，时常犁出人的骨殖来，肯定也有过人烟啊。向人家打听，人家说那全是当兵战死的人；这地方自古以来尽是战场了。怪不得呢，时常捡到的箭头子模样的东西，还真是箭头子。也怪不得，这儿地广人稀，老是兵荒马乱的，谁还敢在这地方安家落户，地焉能不广人焉能不稀！

——这话先人想得偏了。其实这地方做过战场不假，但人间烟火从来也不曾中断过，住过"红山"人，住过东胡人，住过契丹人……这些年来，你主要以史志编修为业，历史上羊肠河川，先后有哪些人栖息过，你是再清楚不过的了。总之，这是块"生"地哩。据专家说，如果称黄河为中国人的母亲河，羊肠河汇入的老哈河，该称"祖母河"哩。国人可以从这里，找到更遥远的老家，寻到辈分更高的先人。认真追溯起来，这儿至少不比山东的年头短，尽管山东的年头，肯定也够长的了。

地广人稀倒也不错，地可以多租。你同把头儿说，我想多租两亩，把头儿大手一挥，那好，把前梁那块坡地租给你！乖乖，那块坡地一眼望不到边，得是多少个"两亩"。蒙古人祖上不种地，现在种点儿了，可种也是漫撒子，荒种荒收，种一坡拉一车收一簸箕煮一锅；精耕细作？让他们再学几辈子吧。

生荒地哟生荒地！头两年种还可以，靠着原来的肥力，倒也种啥长啥长啥收啥，再好好地收拾着，谷穗子还真能长一尺多长。有一种谷子干脆叫"压破车"，其实，八大杈、大红谷、猫耳朵啥的，哪种不压破车？可你再种两年试试，一尺多长？那就只种一棵吧，还得在洼地！压破车？压破梦吧。这儿的土地，熟土层太薄了，只有地皮一层，不到半锹深；再往下，黄土板子了，生土了。跟自己老家的土地根本没法比！可，老家又发大水了……

唉，这儿总还是有地种吧，只要不惜力气。这儿五谷杂粮啥都种植，不过，其中主打的庄稼是谷子。这儿适合谷子生长，产量也可以。只是蒔弄起来哟，实在是不容易！得间苗得薅草得耪地，而且一遍不行两遍，两遍不行三遍。最不容易的是耪地，死热荒天的，人却不能躲到屋里，得去耪地：人热，禾苗也热呀；为防止禾苗"中暑"，就得耪地：锄头带水。如果天下雨，人该歇歇了吧？不，更要耪地呢：锄头还带火。天热要耪，下雨要耪，结果，地耪三遍饿死狗，耪的遍数越多，谷子皮就越薄，籽粒（小米）就越饱满。人吃米狗吃糠，把谷子耪得只有米没糠了，那狗岂不得饿死！人呢，辛苦死！

再多攒粪多施肥，"庄稼一枝花，全靠肥当家"，走在路上，来屎了憋着来尿了也憋着，赶到自家地里屙赶到自家地里尿。庄稼长得倒也能有模有样，春天齐刷刷的，夏天绿油油的，秋天沉甸甸的。

至于秋天，谷子还得割还得拉还得削还得……要籽粒归仓，少不得还要"辛苦死"，"三春不如一秋忙"嘛，但这"辛苦"的是马上到口的粮食，一想到粮食、粮食，苦也便不苦了。

可，秋收完了呢，交完租子，总是所剩无几，年吃年用就不错了。也有好年天收的时候，春天刚种完庄稼，马上来场透雨，苗出全了，"见苗三分收"；夏天薅完耪完耘完耧完了，又下场透雨，人躺在炕头儿上，仍能听见地里的庄稼咔、咔、咔咔拔节的声音；秋天呢，又是一场透雨。那，你就把镰刀磨得快快的要不再买一把新的吧，把挑筐头子绳子什么的多准备点儿吧，把囤子口袋的该抹的抹该缝的缝缝吧，把饸饹床子也找出来修理修理。可一年下三场透雨的年头儿，三年五年十年八年碰不上一回啊。常常碰上的是贱年。一般的贱年，收入三四成，倒也能对付，"瓜菜半年粮"，"多舀一瓢水，多糊一张嘴"呗；可死贱年呢，滴雨不下，粪堆没散开，犁杖吊在山花尖上，碌碡不翻身，得，镰刀磨得再快，没庄稼可割啊；挑筐头子绳子的准备得再多，盛啥呢捆啥呢？泥也好弄，挑土倒水和呗，可囤子抹好了口袋缝好了，而粮食呢？是，饸饹床子长锈了，该修理修理，可修理好了，轧又轧啥呢？荞麦连籽儿都没收回来！唉，荞面饸饹好吃是好吃，把火烧得旺旺的，锅前面轧着呢，锅后面的已经捞着吃了，捞出来过遍凉水，浇上卤子，嘿，吃了这碗想那碗！可，你得先有荞面啊。以前在老家，不种荞麦，没吃过荞面；这儿倒是种了，又能咋样？反倒不如不种，起码省籽儿呢，种荞麦费籽儿。

老天爷可怜穷人吧，这么多年了，倒是没饿死，可也就落个没饿死。不，不能就这样下去！爹娘哟爹娘，你们给儿子起名富（贵）荣（华），名儿咋能白起！祖宗保佑，爹娘的在天之灵保佑，老天爷，你给我们来两个好年头儿，风调雨顺五谷丰登，我们好名副其实。

结果呢，年年请人写的春联，上联：春种一粒籽；下联：秋收万石粮；横批：五谷丰登。写了也就是写了贴了也就是贴了；但年年的，还是写还是贴。岁月就这样，盼望着失望着失望着盼望着，去了来着来了去着。

7

你记得小时候，听家族里的老人讲古，当讲到老祖先是来到内蒙古十年后娶妻抱子的时候，旁边一个人搭话了："可不是，我们的老祖先，也是来到内蒙古十年前后成的家。"那人姓张。老张家祖上和老王家一样，还是大乡亲呢，只不过同府不同县，他们是海阳县的。

大家感到不可思议，甚至怀疑是不是老人们在瞎编。家族里的老人笑了："编不编的，现在说啥你们也不信。等你们长大后，在外面过活，你们自然而然知道，我说的是真是假了。"老人显得非常有信心有耐心。老人年轻时走南闯北，老来才返回家乡。

在你长大成人后，在你人到中年后，人生体验告诉你：老人说的是真的。

还是接着把目光投向"牛顶架"的两位先人吧。

对每天从"牛顶架"里出来进去的两个庄稼汉子，只要你略微有点儿人生阅历，哪怕不认识他们，一眼也能认出来，这是两个"山东棒子"，国字脸嘛宽鼻梁嘛阔嘴嘛浓眉嘛。上下营子住着、比兄弟俩早些过来的山东老乡，一看见哥儿俩的身影，则不免感叹了：唉，看这日子把哥儿俩搓摩的。可不，两个出来时血气方刚的年轻人，现在尽管仍然是小伙子，却是老小伙儿了。身躯似乎还是高大，而仔细看上去，腰已经略微弯起来；步子也不是三步并作两步走，而走一步是一步了。

"成个家吧。"天下无媒不成亲，热心的老乡来保媒，"哪里的黄土不埋人。"老乡随即说出这么一句，像是说给对方听，又像是说给自己听。老乡知道兄弟俩的身世，对他们的心思，自然更是明白。这些年了，别人家陆陆续续地，搬到营子里去住了，唯独这哥儿俩，不是盖不起房子，是他们不想在这儿定居，仍旧住着"牛顶架"。

兄弟俩脸红起来，随即眼睛眨得快起来，泪光闪闪，不说话儿，只是点点头。

——人，一旦"熟悉"了哪儿，便与哪儿融合在一起，特别是熟悉了其中的味道。

成家，得先有处房子啊，这"牛顶架"……兄弟俩第一次感到，"牛顶架"毕竟不是房子，不像一处家的样了。盖房子好说，地方有的是，盖就是了。工也好说，自己能干的自己干，土自己推坯自己脱；自己不能干的，穷帮穷，找乡亲帮扶着干呗，管饭就行；没啥好吃的，但粗茶淡饭，管两顿还是管得起的。就是这檩子啥的不好弄，唉，买吧，粗的买不起，买细的，多买几根，盖九檩的。

说盖就盖。地方选在营子南头，南头先有几家了，无一例外是山东老乡。——蒙旗人住在北头。那儿平坦不说，地势高呀，不犯水；只可惜冬天冷点儿，西北风顺着河套直接刮过来，没关系，多整点儿柴火呗，只要夏天不犯水。

第一年平地基、脱坯、备木料。第二年种完地后，找乡亲帮工，盖；上梁这天，把蒙旗人也找来，帮工。说是帮工，实际是请他们来喝喜酒，修房盖屋是喜事呢。他们不怎么会盖房子，他们的房子，还主要是汉人给盖的呢。上秋，房子干了，人住进去了。

营子里有十来户人家，蒙一半汉一半。听说老戴家他们蒙旗人，大清朝建国前后，就已搬迁到这儿来了，可他们人丁不旺，定居有二百来年了吧，还是那么几家。倒也是，王爷让他们家家出喇嘛，可再出喇嘛，也不至于这么不旺啊！还不是他们一穷就想一个人过一辈子了，"今朝有酒今朝醉，明朝没酒再掂对"！一个人过日子省心。可，"再穷，也不能断了祖宗的香火啊！"背地里，汉人这样嘀咕，"你看咱汉人，哪家不是老婆孩子的，老老少少一大家子人，天天孩子哭老婆叫的，人气儿多旺！"这话，当人面可不敢说，蒙古"安达"听了会不高兴，"你一大家子人咋啦，不也——穷！"总归是乡亲，又一个营子住着了。

模模糊糊地听说，蒙古"安达"为了香火不断，居然让大姑娘在家……但这事儿，汉人也只是听说，谁也没看见。唉，就是真的，还不也是为了香火。香火，香——火哟。

发音准不准地，汉人也会说几句蒙古话了，蒙旗人也会说几句汉话了，一见面，"巴得以得？""安达"先没听清楚，随即明白过来，"吃饭了吗？"双方都大笑起来。接着，你装烟我划火地，抽起来。蒙旗人骨子里是忧伤的，但给汉人的印象，天性快活，极少愁眉苦脸。

亲事自然先给老大成。给爹娘上上坟，压上粉色坟头纸，告诉了先人，老大成家了；过去不两年，老二也成家了。

过了年儿八的，有孩子了。巧了，头胎都是儿子。老大的儿子出生后，哥儿俩去给爹娘上坟，边吊纸边念叨："爹、娘……你们……又有香烟后代了，我们在羊肠河川……扎下根了……"好一通哭！

王荣记得自己刚记事时，哥哥便领他给爹娘上坟，他一边上坟一边哭，哭爹娘早早地下世，今后可咋办啊；而哥哥不哭，只是在那儿烧纸，一边烧一边念叨："收拾干净的，花吧，别省着；甭惦记我们……"而这回，哥哥哭了，哭得居然比自己还厉害。哭吧，痛痛快快地哭一回吧，哥！王荣在心里说。

寒来暑往雨旧霜新，一开始光秃秃的坟地，已是草木蓁蓁。原来齐刷刷、一点儿杂色没有的黄土，风剥雨蚀，松软起来了，略微地发黑了。云彩从山坡后面飘过来，先还是零零散散，一朵是一朵的，紧接着连接在一起，一组一组的，一路向远方飘去。

分别成了家，但并没有分家，还是一起上山干活一起吃住，两家住对面屋，中间的堂屋供两家合用。以前，哥儿俩是上山一把锁回家一把火，甭看是两人，但居家过日子，没个女的主内操持着，多少人也不行，这下好了，家里有家里外头有外头。虽说日子过得一直紧紧巴巴，但过日子不能这么算账，日子过的是人，凭着哥儿俩这人儿，各自拉扯起一家子人，是蛮不成问题的。

这儿的土地大多分布在坡上、梁上，总之，在山上。这儿的山并不高也不大，应该叫"丘陵"，但既然不是平原川地，便笼统地叫了"山"。下地劳动呢，人们便称之为"上山"。坡上的是纯粹的"山"地，远远望去，庄稼像挂在那里，这儿长一条那儿长一块的；梁上的则平坦多了，又一眼望不到边，但仍是浇不上水，好在春天倒也能插进犁杖，人们称之为"二阴地"。

"树大分枝，业大分家。"后来，挨着老屋盖了新屋，弟弟一家搬了出去。家也请山东老乡长辈的主持着分了。家好分，亲兄弟明算账，一根烧火棍撅两截。

从此，老王家原本只有哥儿俩的一家人，彻底分成两家子了；再往后，繁衍成一个家族的两大支了。头几辈子，哥哥这支是长支，弟弟这支是末支；过几辈子，反过来了，弟弟这支是长支，哥哥这支是末支；再过几辈子……

但一到年节，王氏家族无一例外，阴宅座座香烟袅袅，阳宅家家热气腾腾。

儿女接二连三地来了，"一年小，二年大"了，炕沿儿高了，能干活了；懂事了，知道体贴爹娘了。儿女跟自己越来越像，一个模子刻出来似的了。但面目像，心呢？大萝卜皮白心却紫红。哥儿俩约好，定下一个规矩。

年三十儿的晌午，烧过了香上过了供，关好大门，一家子人开始过年。这时没人来串门儿了，人人在自己家里守年了。即使有饥荒（债务），债主也不来了，欠的饥荒要得再急，这时也不能来：冲了人家，还想要饥荒，也不怕雷劈死你！

这规矩便是：一家子人一边吃饭，一边听讲了——

王富坐在自家的炕头儿上，孩子们围坐在桌旁，听他讲：

"咱们老王家……

"那些年发大水……

"总得活下去……"

王荣坐在自家的炕头儿上，孩子们围坐在桌旁，听他讲：

"咱们老王家……

"那些年发大水……

"总得活下去……"

既然叫规矩，就得坚持下去。以后的岁月里，年三十儿的晌午，从营子南头老王家，"咱们老王家……"的声音，总能准时传出来，雷打不动；内容也越来越丝毫不差。

讲着讲着，多少年讲过去了，但除了声音越来越苍老，什么都没有改变，还是晌午，还是"咱们老王家"……

是的，哥儿俩老了，越来越老了。虽说人不服老，照样想干这想干那，但干这干不好干那也干不动了。从儿女们的神色里，他们越来越看出来了，"老了就死了吧，别给儿女添麻烦。"哥儿俩坐在一起，时常唠起的，是这么个话题了。

"怎么活着活着就老了呢？"老人不明白，"唉，吃东西生冷不忌的年月，那个生猛劲儿，哪儿去了呢？嘿，年轻的时候，生死不怕。"

与此同时，从洪洞大槐树下出发的人们，更是一代接一代地活到晚年，儿女成行，也有隔代的孙辈绕膝承欢了。

第三章　乡关何处

1

　　在突泉县工作一年之后——这年你所执教的教育学，在全盟毕业统考中，单科成绩第一，尽管学生中没有一个是你的弟弟妹妹、侄男甥女，他们都是义务教育学校的在职教师——你回来了，千山万水地千方百计地。而这些，比起你的先人出关谋生，还是小巫见大巫哟。

　　多少年来，你搞地方志，因公因私，地方志逐渐成为你的职志，你遍查史料，而官修的正史也好私人的记述也罢，却没有一点儿蛛丝马迹，谈及你的先人何以没有"雁行"。怪了，肯定是件大事啊，却怎么不见任何记载？自己的先人没有口耳相传下来，为什么别人家的也没有？当时情形类似的，绝对不止自己先人一家，与自己的祖上脚前脚后逃过来，也应该"雁行"却没有"雁行"的，其中自己熟悉的亲友里就有几家：你百思而不得其解。

　　是，即使政府不允许"雁行"，别人也要"雁行"的，家里有妻儿老小，等着他们拿回银子呢；尽管你的先人没了这个必要。自然，他们也想过"雁行"，而原因却不在这上。

　　你最终恍然大悟，噢，原来，历史的所谓"谜团"所谓"暗洞"，是人们掉进历史的陷阱而不能自拔了。按照历史所谓的逻辑，古往今来的好事，几乎都有记载，而坏事，却全给有意无意地忽略了，不管这历史的著述者是官家还是私家。而这件事恰恰是"坏"事。

灾民出外谋生，沿途肯定设置关卡，得办手续吧；出有手续，回呢，肯定也得办手续。——手续、手续、手续，只要有行政管理，就有它们的；有不办手续的官府吗，古今中外？是，可能因了公费不足、警力不足，掌控有限；但再有限，这儿有限了，那儿也有限吗？今年有限，明年仍然有限吗？一群又一群的灾民，春天不绝于途地出关，秋天却罕见人影，以至于只见有人出去，却不再见有人回来，能不引起有关部门的高度注意吗？是，沿途哪个部门的呈文上，肯定无一例外有"严防死守"的字样；可……

没查过历史地图，不清楚山东省登州府莱阳县王家庄与内蒙古昭乌达盟多罗达尔汗岱青贝勒[①]达玛琳扎布、孟克济雅、宝拜札萨克[②]治下的翁牛特左翼旗，如果走陆路——你的先人是通过陆路过来的；走水路的一般到了现在的辽宁省——中间到底隔着多少省府州县，但其间的每一寸土地，都有其明确的归属范围，这是错不了的。同时错不了的还有，各省府州县主管"流民"的衙门一定密如罗网，而其中的大小官吏，如果进行一下统计，也许与"流民"的数量堪有一比。但结果"流民"还是"流"过来了。

一块又一块草地被开垦成耕地了，农耕季节，到处是脸朝黄土背朝天的"山东棒子"，蒙古王爷看在眼里记在心上，而过了秋收季节，一座座的"牛顶架"依然炊烟袅袅，蒙古王爷焉能视而不见？可对朝廷的饬令，他们的答复又哪个不是"谨遵照办"？

不错，历史不是公文的复制，自有其诡谲之处。对此，历史一般

---

① 世袭爵位名称。
② 札萨克：旗长；道光年间，本地更换上述三任旗长；当时，本地隶属翁牛特左翼旗管辖。

大笔一挥，将其处理为灾民出外谋生，是朝廷与蒙古王公矛盾斗争的结果。而"记忆"要的却不是"结果"，要的是"过程"；要的也不是朝廷与蒙古王公矛盾斗争的"过程"，而是先人的"过程"。

在乡土中国，经验告诉人们，不管什么事儿，说穿了都是"人"事。办事不是办事，而是办"人"。办公事则是办公"人"，办私事则是办私"人"。一句话，你只要"熟悉"了人，管它什么事儿呢，按照"人"的规则，去办就是了。

当年，自己的先祖兄弟二人一定也是这样"过程"过来的吧？你推测。开始，惶惶不可终日日夜长吁短叹寝食难安；后来……最后，返回的路上，兄弟俩蹑手蹑脚，想快走又怕弄出动静，慢走呢却又止不住兴奋，直到走远了，四下一看无人，才相视一笑，一口长长的粗气终于喘了出来。

而这个过程是"坏"事，落不到白纸黑字上，也最好别口耳相传，传出去对谁都不好。——这"谁"首先自然是个人，紧接着少不了公家：这件事儿，于先祖他们而言是私，于衙门而言是公。而正是因了这个"不好"，有历史记载以来，官书不入私人不载。

——不"这样"还能怎样？根据自己的人生经历和体验，你对自己的想象越来越深信不疑。你越来越深刻地意识到，祖先的悲欢离合通过遗传，已经扎根到你的骨髓和血液里了，如果自己痛苦，是因了先人也曾煎熬过；如果自己幸福，是因了先人也曾快乐过。反过来一样，因了先人的幸福，自己获得了享受；因了先人的痛苦，需要你的则是承受。光阴总在流转，人世也会前行，但轨迹呈螺旋形，世世轮回。

2

回来后，你只在乡中学工作一年，从此便又离开了家乡，在多处外地工作、生活和学习。

你调回来后，"金李王"这个账户不再，而缩编为突泉籍赤峰人的一对夫妻了。临走时，他们赠你《背影》。《背影》的作者三毛，有这么一句名言："不要问我从哪里来，我的故乡在远方，为什么流浪，流浪远方。"《背影》是三毛在世间流浪时留下的凄美文字。

从此以后，你对自己脚步所至之处，不管它是哪里，用的都是同一视角了，既不俯视也不仰视，而是平视；所有的脚步，在你，无一例外是"背影"了；你无论走到哪里，都是一个怯生生的外乡人了，不管那儿是繁华的都市还是偏僻的乡野，不管那儿是你的久住之地还是暂居之处。

但你肯定一直清楚地记得回来那天的情形。下火车后，噔噔噔，你直奔汽车站，脚步是那么坚实有力。有旅社值班的人问你："住店不？""到家了，住什么住！"你的回答，自豪得是否有些过了？你凌晨三点五十五分下的火车，这时天还黑着；你回家的班车是八点二十分的，还有四个多小时才开。坐了一天一夜的车，该住住店休息休息了。但你既然说"到家了"，尽管这里距离陪房营子还有一百多里的路程，也便不住了吧。傍晚，你从下店下了班车往家走，小外甥女学红首先看见的，她正自己练习学骑自行车，"二舅回来啦——"说完，学红什么也顾不上了，将车子扔在那儿，就往你家里跑去，急着将喜讯报告给家人。

这时，晚霞满天，夕阳正朝着你从小便熟悉的西山落下去；鸟儿们唧唧喳喳，向着你从小便熟悉的树林飞回去。满世界洋溢着的，又是你再熟悉不过的气息了。

此时此刻，刚刚过去一年的情形，你还记得吗——

毕业前夕，你已经感冒，高烧不退，祸不单行，勾起了中耳炎，无论什么声音，只要传到你耳里，无一例外是嗡嗡的，模糊不清。中耳炎是你老病根儿，鼻炎则是新患的了。鼻炎鼻炎，原本只是鼻子的炎症，没有大碍，谁知殃及了说话的声音。这下可好，别人说话时，你只好茫然地看着人家；自己说话呢，那浓重的鼻音囔囔地不中听不说，惹得自己整个人儿浑身不舒服，烦死了。

四哥的分配，同你一模一样，只不过你是兴安盟而他是更遥远的呼伦贝尔盟，但他还是毫不犹豫，领上你就去找系主任。

大学生活之初，同舍弟兄排行，李景斌行四，小他的弟兄便叫他"四哥"了（有的弟兄不比他小，仍叫他"四哥"，这则与年龄大小无关了）。这其中，你叫得最勤，私下里"四哥"长"四哥"短的，公开场合一不留神，仍是"四哥""四哥"的，有时话到嘴边，才想起毕竟有外人在场，急忙改嘴，"噢，是李景斌"，但不一会儿，又"四哥""四哥"起来。也是，本来一人一只饭盒、一把勺子，但你俩，吃来吃去，常常只落下一只饭盒一把勺子，只好你吃一口我吃一口的。这样一来，在别人那里势必影响吃饭的速度，但你俩边吃饭边说笑，仍然是别人吃完时，你们也去刷饭盒。在别人看来，你俩哪是在吃饭，分明是在抢食，而在你们自己，你追我赶中，也是你尊我让的呢，只不过，别人难以察觉罢了。吃饭如此，别的更可想而知。这么说吧，四哥是你的形，你是四哥的影。无论何时何地，别人只要看到四哥，三步之内，必能看到你。

系主任教你们中共党史，而他却并不是"干面包"，面目表情不僵硬，常常是生动的，喜怒形于色，生气时，他恨铁不成钢，骂你们"安上尾巴，个个是好小毛驴"。他五十年代名牌大学毕业，却来到了边城，他的家乡本在繁华的京城。此时，他"已垂垂老矣"（后来，他在写给你的信中这样自述），不修边幅，夏天上课时，常穿一双泡沫塑料凉鞋，鞋带坏了，他便随便地别在鞋上。

是晚上，系主任在学校值宿。"王主任，"四哥说话，你总是能听清楚的，尽管他声音从来不高。"腼腆得像个大姑娘"，四哥给人留下这样的印象。"您就别让王国元支边去了。他生活自理能力差，不如个女生，打饭都是我给他打。"四哥央求王主任。话儿说得不错，四哥是你的保姆，你是四哥的跟班。

而王主任说了些什么，遗憾，你根本没听见，耳朵嗡嗡不已，只看见他的小嘴翕动着，似乎很动情的样子。王主任的脸圆而小，眼镜也圆而小，再配上他的小嘴，人显得更亲切和蔼。但四哥听了半天你"看"了半天，结果还是无功而返。

毕业典礼了，就餐了。因为你所在的餐桌，除了你都是女生，你被选为桌长。王主任来了，你带头给他敬酒，倒了满满一碗啤酒，你端给他，"王主任，您教了学生一回，学生先敬您一杯酒，知道您不喝酒，这杯您抿一抿就行，剩下的给学生喝。"谁知，咕咚、咕咚、咕咚咚，一连气儿，王主任将一碗酒全喝了下去，眼角竟然还挂上泪花！你一时手足无措，慌乱得不知如何是好，你知道，按照习俗，自己应该先敬一杯，然后再与老师碰一杯的。喝多喝少没人在乎，在乎的是礼数……

系里赠送给你这样的毕业生每人一本相册，封二有王主任的亲笔题字，上行"赠给光荣支边的同志"，下行"王德源 1988年7月"。啊，老师称我为"同志"？你来不及细想，只觉得应该珍视，你将相册仔细地装进随身携带的书包里。还赠送一本书《赤峰风情》，赤峰市地方志办公室编写的，赤峰地区资料大全。你刚拿到手，却马上噔噔澄跑下楼去，胡乱地塞给了外系的一位苏姓老乡。高中时，你和这位老乡是同班同学，而他被分了回去。这辈子是回不去家乡了，还要这干啥呢！——你愤愤不平地自言自语。

误解王主任了吧？这些年，你越来越怀疑起自己来，王主任的家乡在京华，不也……王主任在你毕业不几年后便去世了，刚六十出头。后来在一首诗中，你曾经这样写道：你六十岁我三十岁／我的生命是你的生命一半／慢慢地 我也会六十岁／但能同你等重么？

2014年，因了为家乡某单位修志，《赤峰风情》这本书又来到你的案头。你百感交集，却又无语。"忽惊此日仍为客，遥想当年似隔生。"

买好火车票，第二天起程。这天夜里，你半倚半躺在行李上，假寐。行李已经打好，单等着明天起程，还是别打开了吧。打开了睡，又怎能睡得着！舍里，同学们在那儿打扑克，吵嚷个不停；校外，鞭炮声响个不停：乡亲们在过年。据说，这年是灾年，得过两个年，才能躲过灾去；做女婿的，还得给岳母买桃罐头，桃者逃也。而这天，恰好农历六月三十，是一分为二的年三十儿。

自己家里也在放鞭炮吧？姐夫也给母亲买桃罐头了吧？——自己就这样了，只要家里"逃"过年去。你想。

后半夜，偌大的世界，外面除了天上的星星，屋里除了你，一切都静下来，鞭炮声停下来，打扑克的也睡觉了；不，还有四哥。四哥的床在斜对面，每每隔上一会儿，便听见那张床咯吱吱上一声，如同你身下的床：四哥肯定也在"烙饼"。但你俩谁也没有搭话，独自煎熬着。

四哥的老家在宁城县，也是农村。

无光微明时，你似乎睡着了。……水声激越水汽淋漓，噢，这是羊肠河，你再熟悉不过的味道，就像你自己的气味。你又站在羊肠河岸边了，你又跳进羊肠河里了，你又在羊肠河里扎猛子了，咦，这回咋这么不舒服？憋气得很，实在是难受极了，你猛地将身子一蹿……醒转过来，原来是做梦。

英金河的水声远远近近地传来，只是水声不再欢快、激越，而变得呜咽、忧伤了。

3

少郎河畔，乌丹。

乌丹是座千年老城，你与她的情缘，也够悠久的了。

那还是你读小学时，老师出了一条谜语：黑药丸，谜底：乌丹。这是你第一次听说乌丹，听说而已，小孩子对自己世界之外的地方不感兴趣，此时的乌丹在你的世界之外，尽管乌丹毫无疑问是翁牛特旗的政治、经济、文化中心。初中毕业后，学习成绩优秀的同学考上重点中学——乌丹一中，只考上普通中学的你，才晓得乌丹也应该在你的世界之内，甚至产生神往之心。后来，高中毕业高考失败后，你到乌丹第二中学复读，一年后，接到大学录取通知书。"乌丹，我的亲亲！"多少年来，每当想起"朝为田舍郎，暮登天子堂"，你总止不住自己的激动，在心里这样喊道。

但接下来，却是"一声叹息，一丝浅笑，点点憧憬，滴滴苍凉，想起梅老先生的萨克斯名曲《回乡》，遍心忧伤。"——你在《乌丹情缘》中写道。你娶了乌丹张姓姑娘为妻。结婚了按天理得同居，但按体制只能分居。你在农村工作。直到结婚十六年之后，是的，十六年之后，儿子的个头儿已经超过他妈妈了，感谢终于到来的教育体制改革，你一家三口才得以在一个屋檐下，日夜厮守。

只是，依然"一声叹息，一丝浅笑"，依然"点点憧憬，滴滴苍凉"，依然"想起梅老先生的萨克斯名曲《回乡》，遍心忧伤"！少郎河是你妻子和儿子的母亲河，乌丹是你妻子和儿子的家乡。尽管少郎河与羊肠河起源于同一座大山，是双子河，又一直几乎并列而流，乃至最后，汇入同一条大川。

你为自己的狭窄而苦恼不已，你多么想走出来，却一直走不出来，除了在羊肠河川，别处无论哪儿，哪怕在乌丹，你也时不时地，说不清在什么情形下冷不丁冒出这么一个疑问：这儿是我的什么？我是这儿的谁？

出了桥头镇，你称呼桥头镇的人为"老乡"；出了翁牛特旗，你称呼翁牛特旗的人为"老乡"；出了赤峰市，你称呼赤峰市的人为"老乡"；出了内蒙古，你称呼内蒙古的人为"老乡"；出了东北，你称呼东北的人为"老乡"。称呼得那个自然、亲切……

但，这是对人，对地呢？除了羊肠河川，在你眼里在你心里，哪儿都不是羊肠河川了！

对此，你还振振有辞：

在乡土中国，人漂泊在外，"举头望明月，低头思故乡"时，"思"的是乡愁；"露从今夜白，月是故乡明"，"明"的是乡愁；"晨起动征铎，客行悲故乡"，"悲"的是乡愁；至于"日暮乡关何处是？烟波江上使人愁""月落乌啼霜满天，江枫渔火对愁眠""金陵津渡小山楼，一宿行人自可愁"……"愁"的则更是乡愁了。但乡愁乡愁，愁的从来都是"乡"！而乡，一直是有特指的，并不宽泛地指代比如"县""府""省"之类。——古往今来，乡愁有四舍五入为"县"愁、"府"愁、"省"愁的吗？乡亲扩大为"县"亲扩大为"府"亲扩大为"省"亲扩大为……那是"亲"的事儿，与"乡"无关。人除了血缘之亲，不是还有干亲吗？可"乡"，除了故乡，人还有第二、第三、第……故乡吗？所谓"第二故乡"一说连绵不绝，但它从来就是个伪命题！

"故乡何处是，忘了除非醉"，别无选择，再无分店。我的故乡就是比一支钢笔长不了多少的羊肠河川了，就是比一本书大不了多少的陪房营了，就是放下一只饭桌便显逼仄的三间老屋了。那儿的风霜雨雪，就是我的乡愁之所在了；那儿的冷暖枯荣，就是我的乡愁的全部了；那儿的悲欢离合，就是我的乡愁的喜怒哀乐了。我蹚过的河流多了，我走过的村庄多了，与我有情缘的地方多了，但这些都无关我的乡愁。更甭说，所谓"县"所谓"府"所谓"省"……均是指城市，城市在城里，而"乡"在乡下。城市没有我的乡愁，我的乡愁在乡下。

不是说"人只有失去故乡才能拥有故乡"吗？我拥有的故乡就是这个样子了。

在诗中，我不管不顾地写道：

黄河当然好

但要说它最好　我跟你急

我老家在羊肠河川

你说长江坏　说就说呗

但要说它最坏　我坚决不同意

羊肠河水大时　淹死过我小伙伴

水小时　它干脆干河套啦

我们只好不断搬出来

老祖宗搬不走

埋在深深的地下

小弟甚至搬到巴西

却越来越觉得亚马孙河也一样

既不最好　也不最坏

住着不错　但那不是家

　　我的小老舅十八岁时淹死在河里；我老叔家的小弟国友现在巴西国。

　　罢了，不说故乡不说乡愁了，人栖居在大地上，比起其他的尴尬与苦难，乡愁的有无算什么呢？——人生于世，比起其他的孤独与寂寥，乡亲的有无又算什么呢？真正的乡亲在乡下，城市没有你们亲切的乡亲。荒凉的大街上，车水马龙、人来人往，那里没有你的乡亲们的身影。

　　到赤峰去，如果需要住宿，如果是你一个人，你总选择铁路旅社。

你的同班同学刘万忠，大学毕业后也分配到兴安盟，不过不是同一个旗县。你俩从乌兰浩特返回家乡时，途经赤峰，你们依依不舍，最后决定一起住上一宿，第二天再回各自的家，万忠家在松山区。这样，你初次住进了铁路旅社。铁路旅社离火车站、汽车站都近，房价又便宜。你记得，第二天，因走得匆忙，将一把竹柄纸扇丢在了旅社。纸扇是"同桌的你"送给你玩儿的。两年后，万忠遭遇车祸，不治而亡。那是你们最后一次在一起。

　　你调回来了，往昔是旧梦前尘了，汽车站也搬迁了，你出门带的钱也越来越充足了，但需要在赤峰住宿时，你还是选择铁路旅社，即使铁路旅社的条件一般，还临街，老是熙熙攘攘的。你选择铁路旅社，唯一的理由是你熟悉这里的味道，漂泊的味道。

　　而至于为什么一次又一次地，情不自禁地咀嚼漂泊，仿佛过一段时间，不住上一回铁路旅社，人生便缺失了什么似的，你弄不清楚了，也不想弄清楚。

　　不知不觉中，铁路旅社成为你的寒山寺了。只要你出现在赤峰，傍晚时分，夕阳西下，人们纷纷回家时，几乎无一例外地，看见你孤单的身影，挪进昭乌达路的铁路旅社；营业淡季，也每每有一间客房，与夜空上的星辰比赛似的，灯光几乎彻夜地亮着。不同的只是，灯光下的一头蓬勃的乌发，漂泊为一头蓬乱的白发了。

　　漂泊归漂泊，在人生的最深处，*丝丝缕缕地*，你毕竟还是有家乡的。但从那年，一条铁路横穿羊肠河川后，铁轨将你最后的家乡切掉了。

　　你最早是乘坐火车远离家乡的。从此，你害怕起火车来，特别害怕听到长鸣声，只要一听到呜——的一声，集合号一般，你前生后世的乡愁，马上翻江倒海而来。多少年来，你尽量躲开火车，不乘坐火车不到火车站，但羊肠河川修上铁路后，你躲闪不开了，除非眼睛闭上耳朵堵上，日日夜夜地。

　　记得傍晚时分，夕阳西坠，火车在你完全陌生的原野上奔驰。此时，火车上连续播放汉城奥运会主题歌《手拉手》，你至今不晓得那首歌旋律本来是什么样的，反正在你，从第一遍听见起，汹涌着的就是忧伤了。

——人世间，还有没通火车的地方吗？它在哪里，你去得了吗？

你出生在炕头滚热的沙土上，而长大之后，沙土倒是到处都有的，但，哪怕它们再热，也不是"滚热"的了。炕头上的沙土，是大人从墙根处寻来的蜇风土，细细地罗好，堆在炕上，再烧炕焙出来的。

你知道吗？山西人管这种沙土叫"绵绵土"。嗯，绵绵土。从洪洞大槐树下出发的是山西人，但走到蒙地许多代后，后人仍管这种土叫"绵绵土"。

这注定是你的命运吧？读高中的第一年，有一次回家，你迷路了，天又阴着，要下雨的样子，你只好走进一户人家，那家大娘留下你，给你端上饭，给你铺好炕，你吃饱喝足后，一觉睡到大天老亮。第二天早饭后，大娘边送你边告诉你道儿。临走前，你"偷偷"地抓上一把豆子，放在文具盒里做纪念。而后来，那把豆子不知什么时候，还是被你弄丢了。你只知道那个营子叫三把伙，那户人家姓韩。

豆子丢在地里了吗？又长成豆秧了吗？又结出更多的豆子了吗？

近年来，在饭菜的口味上，如果饭桌上有酸口的、苦口的，你一准大吃特吃，饕餮一般。"好这口？"别人问你，你每每头摇得像拨浪鼓，"那……"别人一脸的狐疑，你一脸的悲怆，不，坦然。在你，含辛茹苦不再是承受，而发酵为一种享受了。

而幼年时，你喜欢甜口的；青年时，你喜欢辣口的。

4

在你先祖的晚年，儿女们该娶妻抱子的娶妻抱子了，该嫁人的嫁人了，当老人的责任完成了。嘴上都说"儿孙自有儿孙福，不用父母当马牛"，可给儿女成家，是当老人的责任哩，该当马牛的时候还得当马牛。

最令人高兴的是，衙门答应给"流民"上户口了：这辈子没心事了，就等着办手续了。

虽说这些年来，衙门对他们早已睁一只眼闭一只眼，不再另眼看待，但也一直没有给上户口；这回好了，心终于放回肚子里去了：没户口，心里总也不踏实呢。咱本是安分守己的老百姓，可却连个户口都没有，这算个啥事儿呢。"啥时候给儿女上户口啊？"老乡们见了，这样互相取笑，"着急啦？你家先上着啊；我们家不着急，过两年再说。"衙门给上户口有个前提，必须家有坟头儿。

能世世代代在这儿生活下去啦；山东那边儿，不用惦记着回去，就是个老家了。人们这样说。老王家的孩子跟人说起莱阳鸭梨来，在营子人听来，话里话外的意思，除了说鸭梨好吃，再没有别的了。再听老人讲"咱们老王家……"，孩子们渐渐不耐烦，只是碍于家规，不便发作罢了。那两根鸭梨木扁担一直使着，浸透了人的汗水，已经溜光锃亮。挑轻的，走就是了，根本觉不出在挑着东西；挑重的呢，扁担颤悠悠的，但人照样能甩开步子。孩子们乐意使它们，可也就落个使了。

晚年，哥儿俩还留了长胡子。山东人喜欢留长胡子，甚至三十来岁不到四十岁上，人还不怎么老呢，却已经留起来。哥儿俩抽起烟来，用的是长烟袋杆儿了，装好烟后，"孙儿哎，来给爷爷点着烟。"在跟前的孙子，便忙不迭地到跟前，点着烟。长髯飘飘，青烟袅袅，两位老人居然像幸福的仙人了。

每年秋后，场打完了地犁完了，单等着来年开春，再开犁种地了，老哥儿俩更放松下来，漫长的冬天里，几乎天天地凑在一起，今天你家明天我家，坐在滚热的炕头儿上，慢条斯理地抽烟，慢条斯理地喝酒。

哥哥先老去的，弟弟晚两年。埋在了爹娘的脚下，哥哥在东弟弟在西。走的时候，哥儿俩都是笑着走的，却也都在临咽气时，千叮咛万嘱咐儿女，别忘了给他们带上锅碴。儿女们用红布包好锅碴，放在了老人贴身的衣袋里。

原来，老人的心里，还是惦记着！这时，儿女们禁不住悚然一惊，老人还是有心事的啊。可当儿女的呢……

哥哥是夏天老的弟弟是秋天老的。等给王荣送盘缠，送老人上路时，王富的儿子对大家伙说："怪了，前年，给我爹送盘缠时，刮的是西风，我老叔怎么也是？都不是刮西风的季节啊。"娘舅望着天空，幽幽地说道："咱们老家在东面。"娘舅老家自然也是山东；与蒙古"安达"联姻，是后代的事儿了。大家抬头瞭望，高空里的云彩，正从西梁那边刮过来。"二八月，看巧云"，而这时候，头顶的云彩不"巧"，不像雨前的更不像晴天的——雨天云彩黑而厚，来得快去得也快；晴天云彩白而薄，丝丝缕缕的，停在哪儿就是半天——而是灰蒙蒙的一大片，好像飘动着又好像被影子扯住，飘动不开似的。云影投在西山坡上，似乎一条垄再一条垄一块地再一块地地，一一扫过。

西梁上的"牛顶架"不再使用，但名字永远留了下来。

——何尝不清楚，你的故乡早已不复旧模样，你的童年、少年不再，但彼时的丝丝缕缕，被记忆保留下来，得直到地老天荒了。

第四章　幼年断片

1

人的童年，总是和小朋友一起度过的。你在小时候，找小朋友是不愁的，家家人口众多，孩子能少了吗？孩子一多，优中选优，你最好的小朋友，是你的小老舅。

小老舅你俩同岁，他三月的生日你五月的；又是邻居，住在一条街上，仅仅隔两家，你家在东他家在西。你们叫惯了对方的名字，从来不在意谁是舅舅谁是外甥。平日里，你们是老总和士兵的关系，他是你们的"司令"，每当他"武装"好时，你们马上将拉将拉上衣，挺直腰板，等待"命令"。这没的说，小老舅扎一条围腰整整两圈还余一接头儿的军用皮带，难能不是"司令"！那，你毫无疑问是他的"副官"了，形影不离嘛。至于你个头与小老舅一般高，而且脸盘还略微大些，也便忽略不计了。

天底下的孩子，古往今来，永远一个事——玩儿，玩儿是孩子的天职。而孩子的玩儿，是不分时间和季节的，白天玩儿，黑夜也玩儿；夏天甭说，冬天照样玩儿——热情反而更高涨呢。不怕冷吗？小胳膊小腿的，细皮嫩肉的，冷肯定冷，怕也应该怕的，但一玩儿起来，哪还顾得上，早将怕字忘在脑后了！

可不，光秃秃的树丫上，小鸟儿该叽喳还叽喳；寒风呼啸的狗窝旁，小狗儿该汪汪还汪汪；小孩子焉能大人似的，瑟缩在屋里！越是寒冷的冬天，小孩子越接近天性。

冬天，你们扎到一块儿，在院子里疯个没完没了，喊叫声哪是此起彼伏，分明是响成一团。大人嫌烦，在屋里吼上一嗓子，你们马上转战到另一家。谁家都嫌烦，但总有一家烦不胜烦啊。

冬天，主要先玩扇片子。为了赢，轮到自己扇时，无不使出吃奶的劲儿，每每不大一会儿，小脑瓜儿便淌汗了，胳膊也酸起来；强攻不能取胜，改变策略，智取，把手缩到袄袖里，用袄袖扫。袄袖甚于秋风，片子弱于落叶。只要袄袖刮拉到片子，片子便相当容易翻过来。

所谓片子，纸质、书纸、牛皮纸、作业本纸……只要是纸，都可以做的；制作起来也十分简单，一张纸一裁两半，再对折，然后摆成十字形，对角插叠，压实，嘿，一张片子成了。一个冬天下来，人人战果辉煌，都有一大堆片子，装在不戴了的帽头儿里，极富成就感，大大小小的、花花绿绿的、薄薄厚厚的、新新旧旧的，其中最好的，是用美术课本叠的，颜色鲜艳又质地优良，易赢不易输，"宝儿"呢。玩儿时，轻易不动用，压阵；输急了，想捞回本儿，才最终亮出来。"老将出马，一个顶俩"，"宝儿"是片子中的唐雎，的确不辱使命，局势肯定发生逆转。最不好的，是对联纸的，扇上几回，蹭手墨汁没啥，问题是总也叠不板正，又发脆，即使不玩儿，放兜儿里几天也磨散架了；扇呢，看似厚得很，实际不禁扇，外强中干的家伙，稍一使劲，背面朝上，输给人家了。

世上没有无缘无故的胜利。赢得片子的同时，付出的代价也不小，玩过两三回，袄袖保证"开花儿"，裸露出一团儿又一团儿的棉花，一个冬天下来，袄袖总得短一块儿，大人补不胜补呀。每年农闲，大人给你们拆洗棉袄，袄袖回回得重接，扇短了是其一，胳膊长长了是其二；至于原因哪个主哪个次，不好说。——是谁发明了扇片子这种玩法？太损耗衣服了。大人一边重接一边埋怨；私下里，你们也检讨自己：家里哪有那么多方便的棉花和布给咱们絮给咱们接呀，真是的。

院子里玩儿腻了，小老舅建议上河套玩儿。好，那就"南征北战"。不过，你们是贼一般溜出来，向河套飞奔而去的，根本不像"我军"大踏步地转移。待大人发觉，你们早已无影无踪。

河面远望白茫茫，近了自上而下瞅则绿黝黝。冻得起了冰山，接着把山冻裂了，从山顶往下裂，裂得或者密密麻麻，或者干脆咔咔、咔——一迭连声裂开，惊心而不敢触目，上宽下窄，溜儿直。山顶上最宽处，能伸进一只脚！但往里瞅呢，仍然看不见水。冰结得如此厚如此猛，赶大马车的老板子能赶车通过，担载你们小孩子，当然更没问题喽。

你们在冰上滑着玩儿，赛跑玩儿，坐冰车子玩儿……不过，最常见的玩法是打陀螺。陀螺由大人给你们做，不容易呢，又锯又削的，既得掌握手艺，又得花费力气。讲究点儿的，还得上哪儿寻枚图书钉，钉在陀螺尖上。

你们每人手执一条鞭子，鞭子把儿短绳长，把儿是干树棍儿折的，绳是细麻绳头儿什么的，陀螺转到谁跟前，谁马上使劲抽它。陀螺犯贱，不挨抽不行，但有时用力过猛，或者抽的姿势不正确，抽斜了，陀螺上来脾气，嗤——的一声，飞出圈外，不知飞到哪儿去了，害得你们一边埋怨"肇事者"，一边四下寻找。找到后，继续抽。直到暮霭沉沉，晚风断断续续吹来，母亲们急切的呼唤声，"小儿哎，回来吃饭来——"你们才猛然意识到，天黑下来了，肚子也该饿了。小孩子的肚子，饿不饿的，有时需要自己负责，有时需要大人负责。

"小儿"分摊到各位母亲的嘴上时，得置换为乳名的。至于你的、你们的乳名，在这里，还是别公布了吧。避讳？不，乳名的所有权属于长辈，使用期限为童年。

——你童年伙伴们的母亲，而今绝大多数已经不在人世。她们急切的呼唤声，随着潜入无垠深夜的晚风，永远刮逝了。

叫一声，哭一声，
儿的声音娘惯听，
为何娘不应？

哭一声，叫一声，
娘的声音儿愿听，
为何不应声！

回去时，你们拐着弯儿，专捡有"假"冰的地方走。冰下的水溢出来，随即冻上的一层薄冰，暂时还没冻实，与结实了的厚冰相比，不免"假"些，你们称其为"假"冰。人踩在上面，咔哧、咔哧响，嘿，那个脆劲儿，比打春时吃的大萝卜还脆！

从河套回家后，回回免不了挨大人一顿训斥，大人老担心你们，玩起来不管不顾，一不小心掉进冰窟窿里去；你们呢，属耗子的，洞里的耗子记吃不记打，你们这些人中的耗子，则记玩儿不记训——训斥的方式很多，这里出于避讳，从略（大人有大脸，小人有小脸，老母猪还有个长瓜脸呢），被训斥过之后，不出两天，手脚又发痒，还去。

玩够了回家，吃嘛嘛香。眨眼工夫，风卷残云一般，你一大碗棒子面粥、一个多棒子面大干粮，外加不知多少咸菜条子，裹挟着进肚了，吃得小肚子滚圆。大人骂你得了饿痨。他们哪知道，小孩子吃饭，是物质生活同精神生活一齐过，两个文明一起抓。

的确，咸菜条子少了不行。咸中出味不说，吃棒子面，得借助咸盐来消化，否则"烧心"，胃不好受呢。

提起玩儿，冬天，由于气候的原因，毕竟不是旺季，旺季在夏天。

夏天，小孩儿一见到河套，就见到了快乐。你们去河套洗澡、捉鱼。洗澡，规范的游泳你没学会，有水玩儿就可以了，非得学会游泳干吗！但你能在水里憋一会儿气、睁一会儿眼。这也不容易哩，得练才行。咋练？简单得很，呛过几回水后，自然练出来了。河套的鱼没大的，尽泥鳅之类的，怪哉，你们却叫它们"白漂子"。是的，你们"捉"鱼。钓鱼，你们一没耐性，二得弄鱼饵呀，而蚯蚓得等下雨天才有的，还得满园子找地儿挖。也是，河套的鱼配合你们，鱼既傻又多，一捉就捉住了。在河套里，寻一处鱼多的地方，用石头围上，用泥糊严，然后，不管大小先一并捉出来。如果白漂子太小，你们也以慈悲为怀，要么放生，要么找个瓶儿罐的装满水，养上，一直到它们自己死去，并不单单为了解馋而赶尽杀绝。至于这样做，可形成"捕鱼业"的良性循环机制，从而促进其可持续发展，小孩子嘛，上升不到这一层。鱼捉回来后，清洗，撒上点儿盐面，放到灶膛上烧着吃，吃起来那个香啊，啧啧。

烧蚂蚱则简单多了，不用清洗不用撒盐，只要捕来——有草的地方一准有蚂蚱，更好捕得很，然后一根火柴（你们叫"取灯"的）足矣。把蚂蚱烤得黑乎乎的，感觉熟了，小老舅叫你先尝他后尝。大人说"蚂蚱也是肉"，既然是肉，小老舅则先尽着你——不好的事儿他再身先士卒——但一尝，呸、呸呸……这才明白大人说的，原来是句逗笑话。逗笑完自己，找个机会，再去逗笑别人。结果，你们被一次次逗笑了，火柴被一盒接一盒逗没了。当爹的要抽烟、当妈的要做饭时，却找不到火柴，或者发现明显见少，而你们恰好在身边时，一顿臭骂是少不了的。玩儿嘛，大人不反对，但，别糟践东西啊。

……

你和小老舅学龄前的幸福与快乐，不是一气儿就说完了的，也不是说一气儿就完了的，但还是完了。这年春天小老舅上学了，而你没有。虽说开头两天，他哭着喊着不去；再过两天，耍起熊来不愿去；又过两天，在大人的恐吓下，不敢不去。大人管让小孩上学叫给驴驹子戴上笼头，再也不能随便撒欢儿了；而不上学，小孩子可以小鸡不戴笼头——散逛。你呢，一面为他惋惜，一面暗自庆幸：好在自己的父亲没当队长，也没有当老师的五叔。戴老师是小老舅的本家五叔。

从春至夏，因为小老舅上学了而你没有，只好一个人玩儿，而小孩子一旦没了伙伴，玩心当然大减了。你一个人爬小孤山，呆望高天的流云，云彩也阴郁起来，再也不漫天飘来荡去了；你性格中忧郁的分子，由此而疯长。此后，无论什么文字，只要染上你的眼泽与心泽，无不浸渍上你的悲凉和忧伤。对与你的记忆反差强烈的文字，则更悲凉更忧伤了。

秋天，按照公家的政策，你也入学了，正常入学——小老舅是提前了；这时，你们又可以在一起玩儿了，上学的路上边走边玩儿，放学的路上边玩儿边走；课间你俩想在一起玩儿便在一起玩儿，课上小老舅扔个纸蛋儿，也要先传给你，玩儿。

小老舅十九岁那年，为抢救落水的父亲，父子俩不幸双双遇难。"从那以后，我童年的回忆，总蒙上一层深深的哀愁。"大学期间，你在一篇回忆小老舅的散文中，这样写道。那篇散文是你最早见诸报端的文字之一。而三十年过去，你的"哀愁"，除去亲人的不幸夭亡、童年友情的不再，还应该增添别的了吧？

唉，人活到五十岁上，回想起五岁前后的事儿，不是喜怒哀乐所能轻浅概括的了。这里有岁月的包浆，有流年的沉淀，有魂灵的浸渍。五岁之人的眼里，事儿就是那件事儿，"打盆说盆打碗说碗"；五十岁之人的眼里，事儿还是那件事儿，但已幽光沉静，隐忍滑熟。"少年听雨歌楼上，红烛昏罗帐。壮年听雨客舟中，江阔云低，断雁叫西风。而今听雨僧庐下，鬓已星星也。"

2

　　无产阶级文化大革命，在你刚出生时已然开展。关于1967年，《世界历史大事年表》是这样记述的：

> 希腊军人执政；
>
> 美国底特律等地发生黑人起义；
>
> 六日战争爆发，以色列占领西岸、西奈半岛和加沙地带；
>
> 戴高乐访问魁北克；
>
> 甲壳虫乐队的《胡椒中士的孤心俱乐部乐队》唱片发行；
>
> 格瓦拉在玻利维亚被杀；
>
> 五角大楼受围攻；
>
> 美国全国妇女组织接受《妇女权利法案》；
>
> "上海人民公社"成立；
>
> ……

　　七八年过去，你上学后"革命"仍方兴未艾，"阶级斗争要天天讲、月月讲、年年讲"嘛。陪房营子作为穷乡僻壤，立村百十年来，虽不是世外桃源，却一直处在"革命"之外，但无产阶级文化大革命太"深入"了，陪房营子卷入"革命"的洪流之中。"赤道雕弓能射虎，椰林匕首敢屠龙"（叶剑英诗句），整个世界都在"革命"着，陪房营子焉能不"革命"！尽管没有"一座座火山爆发，一顶顶王冠落地"那般激烈！

　　"革命"与你有什么关系呢？与"记忆"有什么关系呢？没有给你革来一块肉吃，更不能为这"记忆"增添一丝亮色，可它毕竟"轰轰烈烈"，还是记上两笔吧，权且作为所谓"时代背景"的展开。

这两年，大人们"轰轰烈烈"开展"农业学大寨"运动。学大寨就学大寨，反正不搞这个"运动"也得搞那个"运动"，这个时候的大人，闲不着不闲着不让闲着。

秋收刚结束，大队马上号召，冬季搞农田基本建设大会战，总口号：治山治水，改造中国；具体口号：苦干一冬天，沙滩变成米粮川。要求：地冻三尺不停镐，雪下三尺不下山。目标：西河滩沙地。大寨人大战狼窝掌，下店人大战西河滩。陪房营子生产小队隶属于下店生产大队。

冬天课间时，你站在学校后墙头上，朝西河滩瞭望。呵，红旗招展，人头攒动，一派热火朝天的劳动场面，壮观得很哩。这是社员们在叠坝挡水，平整河滩。

戴老师布置你们写一篇作文，中心思想要突出"轰轰烈烈"。刚上二年级，斗大的字还没识一麻袋呢，竟然叫我们写作文，真是的！你们埋怨。埋怨啥呀，高年级还要写大批判专栏呢！戴老师训斥你们。

这年，杨老师调走了，全校只落下戴老师一位老师。杨老师是位好老师，他将拾来的粪，全追到了校田地里。收了粮食卖了钱后，杨老师却全给学生买了本子。

没啥写的呀，你只好凑了。为了凑字数，你把忘记是谁家墙壁子上的一副对子都用上了。对子上写的是：一心劈开千重山，众志引来万条水。

墙壁子是当时时兴的一种家具：组合式靠山镜，中间是一块水银玻璃大芯，正芯两侧和上端是小条镜，上端小条镜上赫然印着"战无不胜的毛泽东思想万岁"之类的字样，两侧总有一副对子。"战无不胜的毛泽东思想万岁"之类的，则是横批了？嚯，好长。墙壁子多是大人新婚，布置新房买的。人新婚了，"革命"仍要提醒你，不能忘记战天斗地。

字数还是不够，你干脆抄课文，啊不，引用一首民歌，"天上没有玉皇，地上没有龙王。我就是玉皇，我就是龙王。喝令三山五岭开道，我来了！"增加气势，突出"轰轰烈烈"。

"轰轰烈烈"的结果呢，"轰轰烈烈"而已。第二年，一场大水，沙滩还是那个沙滩了；米粮川？在你们的作文上呢。你至今仍能张口便来，当年作文的一些语词和句式："乘着……的东风，×××生产蒸蒸日上，革命形势一派大好！在……中，在……下，……掀起了高潮，呈现出欣欣向荣的景象……"

这时又"轰轰烈烈""三反右倾翻案风"。置换成后来人们通常的说法则是：邓小平第三次被打倒。配合大人吧，戴老师领着你们读报，两报一刊社论或者梁效的文章。

至于报上宣传的是什么意思，同学们不知道，戴老师也不讲，只是一味地叫你们听他读、读、读。偶尔戴老师在黑板上写上几句，据说是性质、意义什么的。——也是，这些又怎么讲！你们敷衍了事，记到本儿上。

听着听着，你走神了，瞅房笆。——以前可不这样。生产队忙着紧跟革命形势，房笆透亮儿了，队长也顾不上派社员来修缮一下；根本也没往上想？好在从春天到夏天了，滴雨未下，窟窿也便一直窟窿着，明晃晃的，风小时掉灰尘，风大了掉土块。

同学们没事可干，鸭子凫水搞小动作，你往我这儿扔个纸团儿，我给你回送个鬼脸儿，摇头晃脑、眉来眼去，忙得不亦乐乎。

谁说革命一无是处，革命也好哩。

唉，"轰轰烈烈"的"革命"，在"记忆"中，居然是这个样子。向"革命"抱拳作揖，对不起啦。

文化大革命结束十几年，改革开放的新时代都已经进行好些年了，某年某日，你到乡政府办事，却在一面墙上，还是看到了"将无产阶级文化大革命进行到底"的大字标语，以及那幅以笔杆做扎枪，一枪将刘少奇扎倒的漫画。尽管那面墙不在明面上，一般人注意不到；漆痕也早已斑驳，一看便知道是旧迹。此时是秋老虎时节，白花花的阳光照到人身上，但这里的阴气太重了，你禁不住打了一个"轰轰烈烈"的冷战。

3

所谓"革命"，是革命家或者疑似革命家的事儿；社员们的事儿是拉家带口过日子，出工，挣工分儿。这实在让革命难堪，可也实在没法子。人是铁饭是钢，一顿不吃饿得慌，人生在世，首先得解决一日三餐的问题。而革命，一顿两顿不革，应该不耽误进程。

春风吹，春风吹，吹绿了柳树，吹红了桃花，吹来了燕子，吹醒了青蛙……

滴答，滴答，下雨啦，下雨啦。麦苗说："下吧，下吧，我要长大。"

桃树说："下吧，下吧，我要开花。"

课本上这样描写春天，而这样的春天只在课本上，陪房营子没有；陪房营子的春天，一直在传说中。说是"打春别欢喜，还有四十天的冷天气"，但四十天过后，天该冷还冷；"谷雨种大田"了，地却仍然硬邦邦的；冬寒终于停止料峭了春阳终于暴暖了，时令已经转为初夏。你的印象中，家乡的春天，一多半被冬天所侵略，一少半被夏天所收留。家乡一年三季。

可不，你们脱掉棉衣，马上换单衣，没有中间环节。你们的身体，要么过冬要么过夏。

世上没有两片相同的树叶，也没有两个相同的夏天，但沉淀在你童年记忆中的夏天，几乎总少不了这几幕：

先是旱，种地时滴雨未下。"春雨贵如油"，陪房营子贵不起。

年前基本没降雪，墒情本来不好。年后，三月没雨，四月没雨，"大旱不过五月二十三"，五月二十三是大雨节，婶子大娘的，一边望着响晴的天，一边不停地念叨。可五月仍没雨！庄稼实在是太旱了，间完苗，远远望去，大地空空荡荡，唯有连绵不断的土黄；近了，才能勉强看见淡得不能再淡的绿色，小苗全一根茎儿，没叶儿。那个可怜劲儿，揪人心哪。

六月，大雨来了。

只是，这雨也忒大了，大半年来积攒的雨，赶趟趟似的一堆儿来了，整整两天两宿才住。一会儿电闪雷鸣，地动山摇，一会儿天昏地暗，风雨大作。东家刚传来孩子的哭喊声，西家又响起救命的求援声，雷声、雨声、风声、人声，一声紧似一声，一声高过一声。

你家里进水了，小孤山上的洪水，顺着地沟冲进院里，冲到屋里。大人们抱你们的抱你们，堵水的堵水，忙成一团。你和弟弟吓得站在堂柜上，不敢哭也不敢叫，先还哆嗦，后干脆傻了，蜷缩在那里，一动不动。好在你家里这条街地势稍高，不长时间，洪水泄到别处去了。天上没有太阳没有月亮也没有星星，全世界除了黑还是黑，广播也停播了。——广播兼任家里的计时器，你们不清楚了时间具体是白天还是黑夜。饿了，没干柴火做饭，只好用凉水和炒面啃咸菜疙瘩，将就上几口；不吃呢，也似乎觉不出怎么饿来。

大雨终于停了。你和小老舅上河套沿儿。沿途所见，惨不忍睹！墙倒了，屋塌了，当街高了，大道深了。不时传来嗵的一声闷响，谁家的院墙又倒了。

校田地靠近河滩，自然更被淹了。"唉，下学期开学初，得家里给买作业本了。"你马上想到这点。杨老师留下的规矩，校田地收获的粮食，全部卖掉，给学生学期初买作业本。

到了河套沿儿，你们呆呆地望着羊肠河。这是平时玩耍的羊肠河吗？水不清亮了，鹅卵石不见了，蒲棒草不挺拔了，抿倒在污泥里，水上弥漫着的，也不再是草木特有的清香，而变得腥臭起来。

"小河流过我门前，小河摇头不答应，急急忙忙去浇田……"这是课本上的河流，羊肠河怎么不这样？这样的小河，在哪儿呢？你禁不住这样遐想。

大人们站在岸边，要么望着河水不吱声，要么迎着浪头捞淤柴。每当发洪水时，大人用自制的大笊篱似的工具这样捞柴火。大人管这种柴火叫"淤柴"，大多是些羊粪、碎树枝等，晾干烧灶子，火苗特硬，比别的柴火搁烧老了。

——忍不住和现在的你一同感叹了：是的，过日子，只是站在那儿一味感叹乃至诅咒，是丝毫不顶事的，它需要的，是实实在在的"行动"。世人拥有的神经，陪房营子人一丝一毫也不缺，疼痛时照样龇牙咧嘴，愤怒时照样大喊大叫。但人们让它潜伏着；不潜伏，暴露给谁呢？城里人眼里的庄稼人，面目表情一般是木木的，痛苦时不生动，欢欣时也不活跃，原因即在于此。

天旱时，上级号召"天大旱，人大干，大旱之年夺高产"，挑水抗旱。大家明明知道，根本不顶事，可也实在没别的好办法，只好抗一点儿算一点儿，总不能眼睁睁地看着庄稼旱死啊。——"夺高产"？发高烧，说胡话呢。如今涝了，上级号召抢种晚田。荞麦是常种的晚田之一，荞麦是"巧"麦，种是种了，而收不收，只能碰"巧"。碰巧了，压几顿荞面饸饹换换口味，包两顿荞面皮饺子改善改善；不碰巧，罢了，吃啥不是吃，吃啥不能填饱肚子。

有啥法子呢，羊肠河川十年九旱是少的，正常年头十年十旱，春不旱夏旱夏不旱秋旱秋不旱保证一冬无雪，总而言之，旱；水旱相连，水灾也常常随之而来。

每当遇到下雨，道路稍微泥泞，城里人便抱怨起来。这时，咱们常常保持沉默；同时不免想：为什么不下到陪房营子，下到羊肠河川，下到农村呢！——城里人哪里晓得雨水对咱们意味着什么。下雪亦然了。

春天，队长率领社员，在西河滩种上庄稼，高棵的棒子。从远处望去，河滩平整而宽阔，倒也像一块蛮不错的农田，但走近一看，唉，满地的鹅卵石，土层又薄，还是盐碱地，白花花的，棒子长得太可怜了，缺苗的缺苗，细纤的细纤，斜歪的斜歪。汛期一到，发第一场洪水，棒子秧兵败如山倒，几乎全军覆没，偶尔有长得高大粗壮者，探出身子，在淤泥中挺立着。洪水过后，社员们清理禾苗，扶的扶移的移补的补，河滩重现生机。可紧接着，第二场洪水又来了，这回，河滩除了河便是滩了，茫茫一片，满世界的荒凉，不见一丝绿色。队长大骂一通老天爷后，不再率领社员"轰轰烈烈"。

嗨嗨，发完两场洪水，老天爷又风调雨顺起来，河是好河滩是好滩了，并且滩淤得高起来，一条子一块儿的，黑黝黝，全是冲下来的熟土。种惯了地的人，眼见这么好的地块撂荒，总是觉得可惜，心想种点儿啥吧。——庄稼人眼里的土地是长植物的，开发商眼里的土地是盖楼房的，贪官眼里的土地是搞形象工程的。种庄稼过季了，不赶趟儿，种菜。于是，你横着一条我竖着一块，下得起辛苦的人家，三三两两种起菜来。此行虽说与"一大二公"相悖，但情况特殊，算是自留地吧。

"头伏萝卜二伏菜"，种菜了，你们一家人忙起来。你的父亲患有气管炎，活计一累就犯，伏天活儿重，家里的活计母亲不敢让他多干；再者，父亲种菜是外行。你姐要来，母亲不忍心，强令她中午在家休息。你们兄弟三人帮母亲——弟弟帮的是倒忙。

"一亩园十亩田"，种菜是个细活儿呢，讲究技术，更是个力气活儿，平整菜地、打埂子、搂沟、施肥、撒籽、踩垄，甭说侍弄，光种这一套就够人受的。

娘儿几个忙活好几个晌午，总算把菜种上了。不几天，苗钻出来，母亲天天晌午不睡觉，去地里忙活，薅草、间苗、追肥、浇水、打虫。芹菜容易招腻虫，喷六六粉不见效，听人说施草木灰肥管用，母亲便攒灰，隔上几天，母亲挑了灰去，均匀地撒到芹菜上。嗨，真管用，不两天，腻虫下去了，芹菜黑绿起来了。水菜水菜，菜得有水才爱长。隔上三两天，母亲就去河套挑水浇一遍。后来，邻近的几家一合计，干脆紧挨菜地边挖口小井。因为地处河滩，水层浅，井不到一米便能见水。这水人不能喝，脏不说，一股邪味儿，喝了拉肚子，但浇菜可以。这样，省得跑远道了。河水、井水、汗水滋养着，菜长得快，绿了，高了，盖严垄了。

母亲得照常上工，只能抽空儿种菜。大晌午头子的，大家都在歇晌，而在菜地里，却总能看见母亲的影子。母亲穿一件灰褂子。褂子自然是自己手工缝的。布料刚买回来时，已经能看见经纬，这倒也好，本来就是要做单衣的嘛，透气，凉快；但利弊相随，质量保证不了了。可就这样，母亲仍硬是不下架，也没法下架，只这么一件，整整一个夏天，倒也对付下来了。

在你童年的记忆里，白天，母亲甭说是歇晌，歇着的时候都没有，总是忙、忙、忙！不是去队里忙上工，就是在家里忙家务。人送你母亲绰号"铁人"。王进喜是全国人民熟悉的"铁人"，而在陪房营子，人们更熟悉的，是你母亲这个"铁人"。王进喜只是公家的劳模，而你母亲家里家外，都是劳模。

生产队里，像母亲这样四十多岁仍常年坚持上工的，你知道队里还有一位，老阎家七婶子，但她比母亲年龄还小的。虽说"社员社员，连干带玩儿"，但一般的女社员，一过四十，也不"玩儿"了，"玩儿"不动了。庄稼地的活儿，即便是"玩儿"，一天下来，也累得臭死的呀。

可就是这样，搜遍所有的记忆，你竟然搜寻不出母亲念叨累的话，哪怕一句；只是有一句话，挂在母亲的嘴边："人要没刚，赛似麻穰。"

而人要有"刚"，得是多么的——难！这不——

该死的老天爷呀，第三场洪水来了！好在由于你家菜地地势高，才没有遭到毁灭性打击，但编制大大地缩小了。母亲二话没说，待天放晴，地稍稍干松，便去补苗。小井淤平了，只好又淘一回。

哥哥嘟嘟囔囔不去，你也嘟嘟囔囔，但还是去了，打下手。打了半天支应，累了，终于忍不住，嘟囔变成大声了："种也让大水冲了，白种！""白种也得种！"母亲说得斩钉截铁。"唉，"叹口气，母亲缓了下语气，"要是种了不收，怨老天爷；要是老天爷让你收，你没种，这不就怨人了？老天爷咱怨也白怨，可这人，不能自个儿怨自个儿呵。"

你怔住了，不再嘟囔。天仍是热，地上的水分蒸发得厉害，眼前的空气如沸腾的蒸汽一般，拧着劲儿，一波追着一波，朝上面朝四下漾开去。你瞭望前方，咦，氤氲中的小孤山高了！天地间一片肃穆。你似乎要哭，擦一把模模糊糊的眼睛，啊，眼泪真的掉下来了……

——从此以后，你夏天的底色就是这个样子了。

娘　做你的儿女容易

你从不麻烦我们

自食其力了整整一生

走的那天早上

连最后一顿饭都给儿女省下了

娘　做你的儿女真难

我们够下辛苦的了

可这么多年

没谁夸奖我们一句

看　多像他们娘

娘　我们都是你生你养
却为什么如此旁不相干

——母亲去世后，你整个人生的底色，更是诗中这个样子了。

4

你家的基本情况，同咱们国家太相似了，都是人口多、底子薄。

你知道，母亲和父亲同岁，都属猪。母亲嫁给父亲时，十八岁。都正年轻，过日子的心盛着呢。只是，老老少少的，这一大家子人哪。

你小时候，听母亲一诉说起家史，第一句往往是"一窝子光腚子孩子呀"。爷爷、奶奶的九个子女中，你父亲行三，上有大姐、二姐，下有二弟、四妹，排行老疙瘩的你老姑，整整比你父亲小二十岁。父母结婚时，你的叔叔和姑姑们，多数还小，家又穷，可不就"光腚子"嘛。

你记得小时候，奶奶已经过世多年，母亲还梦见她，"我和你奶奶在外屋忙啊，忙得顺脸淌汗，等一大家子老小吃完饭，你奶奶我俩才上桌吃饭。一看，饭打梁（做的饭不够吃），没我们娘儿俩的了。"

更甭说此时是只抓"革命"却并不促"生产"的"文革"时期。

刚到秋天，营子里不少人家已经断顿了。民以食为天，社会主义社会了嘛，更不能饿死人，靠山吃山靠水吃水，靠着生产队，别无选择，生产队只好啥成熟了分啥，蚕豆进场分蚕豆，荞麦割了分荞麦，莜麦下来分莜麦。分完，各家各户烀的烀、炒的炒、碾的碾，让它们变成进口的食物。这段日子，许多人家像吃公共食堂，伙食差不多。大人逗弄小孩子玩儿，"来，让我弹下脑门儿，我准知道你吃的是啥饭。"结果，一弹一个准。小孩儿眨巴眨巴眼睛，不明白咋回事，大人哈哈大笑，随即发起牢骚："他妈的，放屁都一个味儿。"

庄稼人啊庄稼人，本来以种地打粮为生，而庄稼人最缺少的，恰恰是粮食，这真是人世间第一大讽刺。狗日的粮食哟。

光生产队分的那点儿，哪够啊。这不，又……刚进秋天，你母亲已经时不时地跟你父亲喊嚓，你父亲有时装听不见，有时敷衍着，嘀咕一两句。两三次之后，母亲火了："柜见底儿了，你去借吧，还老是尽我借?!"贫贱夫妻百事哀。

又挺了两天，你母亲东抖抖口袋底，西倒倒盆底，扫荡一切尽可能的底儿，然后，做杂合面——各式各样的面掺和在一起——疙瘩汤了。家无隔夜粮算什么哟，你家，吃上顿没下顿。那顿是午饭。

那顿饭，你吃得依然是稀里呼噜，依然是满脸大汗。而你注意到没有，大人吃饭的速度，明显地减下来了，饭量也减了？那天中午的阳光，特别强，刺人眼睛，抬头瞅一眼太阳，人马上产生眩晕感，特好玩儿。

你应该记得的，你肯定记得。三十多年来，阳光强烈的时候，你却再也不敢孩子似的盯阳光玩儿了：不怕刺眼怕刺心。

总不能坐以待饿啊。

午后，上亲戚家先借上点儿，将就两顿。你和母亲端着大笸箩去的，借来的是棒子。亲戚家也是"人口多、底子薄"，比你家程度轻点儿罢了。穷帮穷吧。

第二天，你父亲借来小驴车，套上驴，去了你四姑家。四姑家的日子要好一些。两天后，父亲回来了，拉回满满一口袋棒子，还有半袋杂物，旧衣服旧鞋帽之类的。

你牵着驴，你哥背着驴套，母亲顶着大笸箩，娘儿仨去碾坊。你家的驴是头老白驴，草驴（母驴），个头儿不高，肚子挺大，膘儿不错。

虽说队上拉了电，有碾米机，但你家仍去老碾坊碾米。也是，机器加工出米少，出碎米子多；再说还得掏电字钱！

从你家往东，走到大道，折而向南，过两条街，路旁，矗立着一座土房，这便是碾坊了。真个"土"呢，墙是土的，地是土的。还嫌不够，墙上，挂满土和面混合而成的灰尘；地上，铺满黄土和牲畜粪便糅合而来的尘土。不过，这些都是今天的"记忆"了，当年的碾坊是你家的你们全营子人的厨房啊，土怕啥土腥味怕啥，只要有马上能进口的东西。

碾坊里一大一小两盘石碾，年年由生产队负责，找石匠修理，修理后的石碾快得很，碾磙一滚动起来，骨碌、骨碌，闪着青森森的光芒。石匠和碾子都有年头了，石匠比碾子年龄还大吧，手比碾子还黑比碾子还糙。

小石碾不赶活儿，大人们习惯用大石碾。"唉呀，也太沉了！"你和小老舅等一帮小孩子，上碾坊来玩儿，必须是两人在前推前碾棍，一人在后推后碾棍，而且是三人同时使劲儿，才勉强将它推动；如果少一个人，无论怎样使劲儿，它就是纹丝不动。而套上驴，它自己就能拉动；不过，坚持不了多大会儿，它也出汗的，脖子上的毛打起绺儿来。特别是轧黄米碾子，驴拉得更吃力：黄米在轧之前，得先淘一遍，湿着轧上去，咯噔、咯噔，老粘碾子，而且一轧一张片儿，就是不成面儿，半天罗不了一罗。

——羊肠河川种植杂粮的历史悠久，黍子为杂粮之一。黍子的籽实去皮后称黄米，常常碾成面，撒年糕蒸豆包烙黏饼。

看驴拉得吃力，母亲趁罗面的间隙，一边打扫碾子，一边帮驴推上几圈。你和哥哥也象征性地抱起碾棍，推上一圈半圈。不过多数时候，一嫌驴拉得慢，你便嚷它，或者干脆就近找棵树枝什么的，狠劲地抽它，一嚷一抽，老白驴只好嗼、嗼、嗼，小碎步跑上两圈儿。

一场碾子下来，给驴卸套时，总看见驴被汗水溻湿，疲惫不堪，呼哧、呼哧直喘粗气。但是，下次推碾子，驴还是被照套不误。

大白驴生错了年代，更选错了主家。

这回碾的是棒子炒面。炒面真香啊，喷喷儿香，香味弥漫满碾坊。有好的不吃次的，你和哥哥不再空口吃炒面，炒面太干，噎得慌，你俩吃炒面渣儿，又香又有嚼头。

驴也知道炒面好吃？趁人不注意，舔碾子。你赶紧呵斥住，不解气，又气急败坏地去外面找来树枝，狠狠地抽它。母亲在一旁罗面，不乐意了："吃点儿吃点儿吧，哑巴牲口。"你才住手。你没好声气呵斥驴，好像家无存粮，逼得人大晌午头子推碾子，全怨它似的。

真是秋老虎哩，晌午头儿，除了热还是热，阳光白花花的，包围着你，躲也躲不开。碾坊透不进来阳光，闷热至极，人连躲都不想躲了。驴拉上不几圈儿，连热带累，身上冒出热气。先是一丝丝的，接着是一股股的，最后是一团团的，打着滚儿向外涌。

碾子终于推完了，你给驴卸套。驴像洗了个热水澡，一摩挲驴脊背，马上热气腾腾，直往人身上扑。母亲摸了摸它，叹口气，没说啥。

你牵着驴往家走，刚到街口，你父亲迎了上来，他身边跟着一个人，你不认识。父亲示意你把驴缰绳给他，你递给父亲，他抹下了驴笼头。跟着的那个人随即给驴换上新笼头，把钱点给你父亲，打声招呼，走了。

你们一家子人好狠哟，刚卸了碾子就卖驴！驴是牲口，人是人口——驴也是家中一口，你们就这样待承驴?!

驴为你家立下多少功劳！驴老年的时候，仍这样为家里奉献；它壮年的时候啊——

驴的岁口正当年时，你爷爷哪年冬天不赶着它，给人家赶驮子？是，人得顶风冒雪忍饥挨饿，可人毕竟只是个走啊，而驴呢？驴得驮着驮子走。你爷爷恨载，恨不得让驴驮上马才能驮动的东西。

你是不知道啊，早年间你家过年的花销，全是驴驮回来的。

你老是感叹人生，可怎么没听你感叹过驴生！

那时候的冬天，真冷！你小时候盖的大皮袄，正是你爷爷当年赶驮子时穿的。你嫌它沉，而当年，你爷爷嫌它轻呢；你嫌它扎人，而当年，你爷爷嫌它总也不贴身呢。

5

前面有些言重了，对不起。

驴在你家，累没少受，但吃喝很好，经佑得不错。

每年，你家攒两大垛干草，其中一垛是割的碱草之类的，供驴吃；这些不够，你家的自留地年年种谷子，有干草搭配着，驴至少能吃到哨青了。干草铡得短短的，喂驴，"寸草铡三刀，不用喂料也上膘"。地里的草刚钻出地皮时，哨青，驴吃不十分饱，也能弄五六分了；青草白天黑夜一齐长，用不了几天，草长高了，驴够吃了。有青草哨，驴不再吃干草。这个季节老吃干草，驴也上火。

夏天，每天中午、晚上下工，你母亲总是背回一扛草。不上学时，估摸着大人快下工了，你领着弟弟直奔东大道，接应母亲。人群中像一座山似的移过来的，错不了，保准是母亲！是母亲个儿小，还是背的草多？稍微离远点儿看，根本看不出她人来。弟弟你俩紧跑上前去，可又帮不上什么忙，只好跟头流星地跟在后面，抢着同母亲说话儿。母亲老嗔怪你们"嘴不闲腔不干"，可你们在她跟前儿，真的不说了呢，母亲却又主动搭话，和你们说起来。进了院子，母亲放下草，弟弟你俩笨手笨脚地，将草绳解开，把草摊薄。正午太阳毒，一会儿就能把草晒蔫。晒上两晌，草差不多干透了。晚上扛回来的，则只能等第二天，太阳足时再摊开。

下午上工前，你父亲总是想着用木杈把草再翻动一遍。草是牲口的口粮，一根也金贵呢。人饿了可以挨着不说，驴饿了它啊啊地叫唤，叫得人心烦，不得不出去添草，哪怕是深更半夜！院子里人畜共居，两者要做到和谐共处，人的因素是关键的。

你父亲经佑牲口上心着呢，按时添草、添料、饮水。一到春天，驴毛像擀了毡子似的，你父亲找来铁梳子，给它狠狠梳理，让它驴有驴样。

驴知恩图报哩，不但老当益壮，活计多，脾气还好，从不尥蹶子踢人。至于最后，它还是被卖掉了，听说是当了菜驴，那是它的命，怪不得你们；你们不必为此而惭愧。

羊在你家的待遇也不错。另一垛干草——羊草，便供羊吃。羊特别爱吃间苗时薅的谷草和小莠子草。你母亲背回来的，大部分是这样的草。每天黑夜，羊在你家都能吃饱，不像别人家，羊老是咩咩咩地叫个不停。

家里养的是绵羊。羊夏天打栏（发情怀孕），冬天产羔，一般产期是腊月前后。羊羔生下来后，开始全吃母乳。几天后，母乳不够了，羊羔开始人工喂养，喂炒熟的豆面子。羊羔长得快，自然食量增得也快，日期不长，尽吃豆面子不行了，胀肚；家人喂它饲料，谷子之类的。再过些天，嘿，羊羔能咬动小莠子草了。吃呗，有的是，管够。

这时的羊羔是你的宠物。

羊羔吃饱喝足后，你走到哪儿它跟到哪儿，你上炕它也上炕，你跳墙它也跳墙，你跑它也跑，你站在那儿，它围着你撒欢儿，你藏起来，它咩——咩——咩——奶声奶气叫着找你……直到你累得不行，烦了，说什么也不理它，它才恋恋不舍地离开。

清明节前后，大地返青，羊羔跟着大羊上山了，没工夫再陪着你玩儿。毕竟羊不是宠物，羊有羊的事儿。自然，你也有你的事儿，整天同羊羔厮混，成什么事儿。

猪和鸡在你家的待遇……咋说好呢？

不可否认，你母亲是养猪能手，几乎每年都往公社收购站卖一头生猪。你们管这样的猪叫"购猪"。甭看你家的猪，一日三餐，夏天尽吃生野菜，冬天尽吃熬熟的荞麦花，米糠是细粮呢，一顿少少地撒点儿，当作料而已；更甭说给猪吃成粮了。当年养猪，是按顿喂食，而不像现在，猪吃流水席。但依仗着你母亲经养得细心，一般年景，每到夏天，猪总能长够公家收购的标准，是肥猪呢，活称一百多斤，小屁股不尖了，用发展的眼光看，马上要圆润起来呢。不过，卖猪时，你母亲仍每每叹息道：猪在咱家没享福啊，连把成粮也没吃上。

苣荬菜在你家人猪同吃。有一年，年景太不好，天灾畸重，苣荬菜人还不够吃呢，天旱，出来的少，而且没等长大就老了，没等绿呢就红了，发柴，只好委屈猪了。榆树叶倒长出来了，但也明显老成，刺嘴，猪不爱吃。

营养上不去，猪长得坯子不小，而膘情太一般了。卖购猪时，你家的猪不够标准，收购站不收。也是，猪毛还红着呢，疙里疙瘩没长顺溜，哪儿还称得上肥猪！没说的，接着养呗。

至于你待承猪，当然更不用说！猪同牛马羊一样，平时以草为生，夏天，每天要将猪撒出去，到有水有草的地方放牧。队上有专职的猪倌儿。中午、晚上，各家再去赶回来。大人将撒猪、圈猪的活儿分派给你，你上学前是这样，上学后仍然如此。上学后，不管课上还是课下，只要一听到猪倌儿的喊声，你马上请假回去。

母亲经养小鸡同样细心，可不知咋的，你家的小鸡一多，准闹鸡瘟，闹到最后，只剩下一两只勉强逃过瘟疫。看着小鸡一只接一只地瘟死，把母亲心疼得呀，但也实在没法子，只能更细心地经养大难不死者。你家大人下工回来，磕打鞋时，如果发现鞋里有草籽、粮食粒什么的，一准想到鸡，咕咕咕，将鸡唤到跟前儿，给它们吃了。就这么一两只小鸡，即使再能下蛋，不歇窝地下，能下多少？"鸡屁股银行"效益不好，不好就不好吧。

当时，你们管鸡蛋不叫"鸡蛋"，而是尊称"白果"的。

因为鸡少，鸡蛋在你家就更金贵了。你家里人不管是谁，一听见小鸡咯哒、咯哒叫，马上去鸡窝将蛋捡起来，生怕小鸡自己把蛋弄碎了，或者被猪呀狗的偷吃了。不怕一万就怕万一，你家干脆将鸡窝建在屋里，灶台下。人鸡同居，鸡蛋则百分之百安全了。鸡蛋全放到一个纸糊的小筐箩里，待小筐箩攒满了，家人便去代购代销店卖掉。

你们待猪、鸡好，猪、鸡也回报了你们。

家里的支出，大笔的来自卖猪，猪肉一斤价值一元五毛六分哪（这个价格多年不变，否则哪能张口即来）；小项的来自卖鸡蛋，一颗鸡蛋就能换来一张大白纸呢。而一个劳动日才值两毛钱，一脚踢不倒。这么说吧，一个人一天对家里的经济贡献，不如三四只小鸡一天（算上歇窝）的贡献呢；不错，鸡也要吃的，但它自己寻食，不用人操心。

羊的回报更甭提！你们养羊，要的是它们的毛。每年一到"羊毛季儿"，大人将羊毛剪下来，马上卖掉，过日子，拉拉欠欠的添添补补的，全等着这笔钱哪。——"羊毛季儿"这个家庭财政的专用术语，就是这么来的。羊粪也要呢，是好肥料，施到菜地里，瓜特别喜欢羊粪。水菜水菜，菜没水不长，没粪同样不长哪。"种地不上粪，等于瞎胡混"，"庄稼一枝花，全靠肥当家"……羊粪晒干了，还是好烧火柴。但还是能不烧则不烧，尽量让别的东西当柴火。菜是吃的，吃在日子里占第一位。

——这么一说，你还有怨气吗？

6

回过头去，接着谈吃。毕竟秋天应该是吃的旺季。

再提到吃，你脑海里浮现出来的，是三十年前的打夜作。秋天，生产队活计忙，白天忙不过来，夜间加班，称为"打夜作"。打夜作算工不说，关键是提供免费夜餐，羊肉小米粥！

既然是忙，孩子要去，可以啊，小社员嘛。有的同学去过，过后向你炫耀，一顿吃了几碗几碗。他们还一边吧嗒嘴，一边神神秘秘介绍多喝粥的经验：喝粥时，第一次一定要盛半碗，喝第二碗时再盛满；否则，第一碗盛满了，待到盛第二碗时，锅里没粥了，只好等下一锅。而一般是一晚上熬两大锅，管喝不管饱。这样，会喝的不显山不露水，喝三四碗，不会喝的只能喝两碗。人不懂科学真不行，会喝的懂得科学统筹法。

你也眼热，但最终没去，而宁肯在家里啃干面子。原因到底在哪儿？你当时也不清晰，但多少年后，你说过几句"清晰"的话，肯定与此不无相关，你是在——生产队有护秋的，他们不断向队上报告，有人偷庄稼，莜麦粒子被人撸了，棒子穗子被人掰了，山药蛋子被人挖了……生产队加强了力量，安排人专门护秋，看守庄稼，但到地里收割的时候，看到的仍是狼藉一片——这段文字之后说的。话是这么说的：

> 乡亲们，我不想浮夸你们，更不想因贬斥而伤害你们。只是，难道真的是由于艰难的生存，导致你们的人生，同柴火棍儿一般高，同米粒一般小，同油盐一样，有自己一粒（滴）不多没自己一粒（滴）不少？！我心堵得慌。

打完场后，大人们打扫场院，将场院里旮旮旯旯儿的，哪怕是被车压到辙里的粮食，全扫到一起，出出风，按人口平均，一家分上点儿，回家做干粮吃。这种干粮，你们笼统称之为"干面子"。按理说，干面子的原料，应该是棒子面或者小米面，外加些许豆子面，而这时的干面子，不但五谷俱有，还少不了牲口的粪便呢。不过，细细地筛筛淘淘晾晾，烙干粮吃，倒是该香也香的。豆子的香味大，粪便的臊味小，压下去了。

世人谁不说自己是"吃五谷杂粮的"，可有多少人吃过如此丰富的

"五谷杂粮"！

吃着棒子面，你们大人也照样活到老了，小孩也照样长成人了。女社员看到与自己同龄的干部家属，孩子还抱在怀里吃奶时，话儿来了："哟，我那小子，早端着茶碗借咸盐了。"当娘的正熬菜呢，一看，盐篓里没盐了，紧忙打发孩子，"快，上你二大娘家借茶碗咸盐。"

你一定记得，虽然你父亲作为农民种了一辈子地，家里却没有一年五谷全丰登，不是这样没丰，就是那样没登。但父亲去世时，母亲欣慰地告诉你：今年年头儿好，丰收，种啥啥收。你爸也行了，打的啥新粮食，都吃过了。——老天爷不总是瞎眼啊。五谷杂粮样样都尝尝，总得准备二三百斤，才够一样一样地占回碾子占回锅吧？而二三百斤是啥概念，从那个年月过来的人，谁不清楚？"够不够，三百六"，这还是平粮生产队的口粮数，尚且指的是原粮；而陪房营子生产队是缺粮队，每人每年只有三百二十斤。

吃棒子面干粮的人，同吃白面饼的人站在一起比，有什么差别呢？他一人来高，你肩膀头也不比他矮嘛。至于吃下去的是什么，只有肚子知道，而肚子隐藏秘密，俗话说得好，"烂在肚子里"，外人无法知晓。——没有羊肉粥的滋养，你的营养也不缺吧？

提起营养，你吃过哩，你吃过，不，舔过鸡蛋。

那是一年初冬的一天，你拿着三颗鸡蛋上学，准备去代购代销店卖钱买本子。过一条坝渠时，全怨你！一不小心，其中一颗鸡蛋掉到搭石上，只听见惊天动地的一声脆响，啊，鸡蛋打碎了，你急了，啥也顾不得，跳进冰冷的坝渠里，生生地，把搭石上的鸡蛋舔着吃了！

鸡蛋可以煮着吃炒着吃腌着吃，可以这样吃那样吃，但如果有人问你：同样的鸡蛋，哪种吃法对人最有营养呢？你肯定回答：舔着！

这么说来，糖也成为你的营养品了。

小时候，你很少吃到糖，姑姑、舅舅们来家里，偶尔给你一块半块的；你的父亲赶集时，有时买东西剩下个小镚子，怕丢，才给你和弟弟买了糖；而父亲又很少赶集！庄稼人嘛，勤划拉院子少赶集，三年攒个大叫驴！赶又赶啥呢，买没啥可买，卖没啥可卖。从长辈难得一见的怜爱里，分到属于自己的块糖，你不敢一下子吞掉，放到嘴里含一会儿后，一狠二狠地吐出来，用糖纸包好；过一会儿，馋了，再含。嘎嘣、嘎嘣三两下子，一大块糖便下肚，那哪是吃糖，分明是糟践糖。糖吃完后，你把糖纸弄得平平整整，夹到课本里。你绝没有收藏的癖好，是过些天，没事儿时再拿出来，闻闻舔舔。嘿，似乎真的，还有甜味儿。块糖全是什锦块糖，一块一分钱。

哎，"什锦"到底是什么？多年之后，偶然一次闲来没事，浏览字典，你终于不幸地获悉，原来无非是多种原料制成或者多种花样，而已。你很后悔自己的"获悉"，但后悔发生在多少年之后，营养的作用该发挥的也已经发挥了：没必要后悔了。

——什么"什锦"，不就是常说的"杂合"嘛，你想起了"杂合面"。

关于秋天与吃，人们有"抓秋膘"一说，你们也"抓秋膘"了吧？只不过，"秋膘"有的看得见，有的看不见。

7

你们是庄稼人，为庄稼而生为庄稼而息。"人生一世草木一秋"这话本源于你们，后来才延伸开来，泛指众生。在羊肠河川，庄稼是从春到秋，春天把种子撒到地里，秋天把粮食收回囤里；你们也从春到秋，与庄稼一起风尘仆仆栉风沐雨。一言以蔽之，你们是叫"人"的庄稼。不同的是，庄稼从春到秋生了长了收了——种而不生生而不长长而不收呢，罢了：庄稼不收年年种，总之完成了轮回；而你们生长期长，从前是四五十年现在是六七十年再长一点七八十年，统统称为"一生"吧，一生一个轮回。

在羊肠河川，秋春之间，每每隔着一个漫长而寒冷的冬天。冬天是慢慢来的，好像是个耄耋之人，但，姜是老的辣，你看吧，冬风一刮，塞北的天地马上肃杀起来，山川日月都慑于它的淫威而噤若寒蝉，乖乖地任它肆虐。冬天能把大地冻裂，"人"是血肉之躯，则更抗不住。为了生长下去，你们把自己从地里转到家里，开春之后再移到地里。家里的气温与地温，与你们生长所需的温度，一般而言是适宜的。

——天地间，叫"人"的不仅仅是你们，但你们是"庄稼人"，白马非马。

在家生长的这段时间，你们过年，给自己追肥，增加营养。

一提起过年，你们马上尴尬起来，但再尴尬，你们哪个年没过呢？年年难过年年过，即便是爹死娘亡，不也照样过吗？只不过第一年不贴对联，第二年贴蓝颜色的，第三年又是红彤彤的了，与左邻右居毫无两样。这是待承新先人；待承老先人，虽然这时候"革命"着呢，不准许你们大张旗鼓祭奠，但该祭奠仍祭奠，没钱，买回几大张海纸，叫孩子"写"钱呗。早早地买回纸来，进腊月门就给老祖宗送去；这边儿二十八九才赶集，赶"穷汉子集"，那是没法子的事儿。孩子在那儿写，大人在一旁，一边叠纸，神三鬼四（供神的每三张叠在一起，祭奠先人的则四张叠在一起），一边念叨："咱们这边儿就一个银行，叫'中国人民银行'；老祖宗那儿两个哩，一个叫'丰都银行'，再一个叫'天堂银行'。钱数大点儿写啊，一千一千地、一万一万地写，别让老祖宗在那边儿也穷！噢，对啦，也得写两张小点儿的，好破开钱啊。"

不管阳间过得如何，阴间的先人们，虽说钱的张数不多，但钱数多啊，估计着足够花了，足够赶年集了。

给先人们送钱花时，人人不忘带上一根把儿棍子。到得祖坟前，先用把儿棍子绕祖坟划个"院子"，然后吊纸。同时不忘到"院子"外，给无家可归的孤魂野鬼，也吊上两张。唉，过年啦，都赶赶年集吧。

忙完先人的年，忙后人的年。"小孩小孩你别哭，过了腊八就杀猪；……小孩小孩你别馋，过完小年过大年；……""辞灶辞灶，新年来到，丫头要花小子要炮，老头儿要个大毡帽，老婆儿要个网网罩。"

你家过年，习惯过法是撒一锅年糕，做一锅豆腐，蒸两到三锅豆包，两锅是一定的，想蒸三锅，多掺棒子面呗；还要蒸两锅馒头，虽然头一锅蒸出来当顿便吃得所剩无几，但另一锅留下来了，来人时热着吃。人穷，但脸面不能穷。死要面子活受罪？受罪就受罪呗，罪还不都是人受的？没有受不了的罪，只有享不了的福。

腥火呢，年没腥火滋润——营养着，还叫年吗？

"腥火"者，荤腥也，荤也好腥也罢，不外乎是鸡鸭鱼肉。鸡、鸭、鱼？免谈了罢；肉，自然是猪肉，只是这猪肉……但不管怎么说，杀了年猪，有杀猪菜有血肠有肉有油，腥火够了。年三十儿的大菜——酸菜炖猪肉、粉条和豆腐，你可以敞开肚皮，可劲儿造！

该贴对联了，对联纸窄点短点，不要紧，不是一样写上"天增岁月人增寿；春满乾坤福满门"嘛？该放鞭炮了，鞭炮头数少点儿、声音像干草节子不要紧，不是一样有动静嘛？该包饺子了，馅儿用老酸菜，皮儿用老荞面，全不要紧，不是一样叫饺子嘛？

——在你们远年的故乡，山东，情形也是如此。只不过，你们管"过门钱"改称了"挂钱"而已，物是一样的物，刻是一样的刻，寓意是一样的寓意。千百年沉淀下来的，怎能因一时的贫富而改变呢。

你家西院，老舅爷家，老舅奶奶一辈子不会擀剂子（这样的女的，你至今未见到第二个），平时家里自然不吃饺子。但年三十午夜的这顿饺子，无论如何得吃上，而且吃好，舅奶奶用手拍剂子。家里人口多，又得多做些，这样，年年三十，舅奶奶手拍得呀，通红。

过年时，家家户户的电灯免费照明，一直免到正月十五。灯在你们营子，年过得最为完整。美中不足，你家灯泡的瓦数不大，平时为了省电费，不买大瓦数的，总不能单单为了过年，仅仅那么几天，而买大瓦数的吧？虽说电是免费的。瓦数小，亮度自然上不来，空荡荡的一处大院子，只房檐下一盏几十瓦的灯泡照着，能亮到哪儿去？不过，这总归叫过"亮堂"年，不叫过"黑"年。

年三十儿这一天，调理一顿好饭。能多丰盛便多丰盛，不管吃了吃不了，只管往桌上端就是。——这肥追得科学吗？不是铺张浪费吗？队长派几个社员去地里追化肥，那几个社员到了地头，寻思反正队长也没跟着，偷偷工吧，便将化肥胡乱地撒在地头庄稼下面。过些天一看，庄稼"烧"死了。"上边还说这玩意儿科学，管用呢，看看，把好好的庄稼糟蹋了吧，以后可不能用啦。"社员铁嘴钢牙。人倒不至于"烧"死，即便是饕餮之徒，一年就这么一次，顶多拉拉肚子，多跑两趟茅房。再说，浪费啥！剩的饭菜下顿接着吃呢；倒掉？你个败家子！看剩菜剩饭啥的，还剩三两口，没地方搁没地方放的，又占着盆占着碗，干脆，"宁可撑着人，不让占着盆"，松松腰带子，吃喽。吃了不瞎倒了瞎。

年三十儿这天，不是"一夜连双岁，五更分二年"吗？年三十儿这顿伙食，自然得"一饭吃双岁，三巡喝二年"。

对啦，酒呢？过年焉能没酒！"饺子就酒越喝越有"。免了，你父亲不喝酒。是因为不会喝而不喝，还是会喝而买不起？反正你没见父亲喝过酒。而你的两个叔叔都喝酒。——你考上大学后，放第一个寒假时，你还是用节余下来的助学金，给父亲买回一瓶酒，"千杯少"。嗯，是"千杯少"。

羊肠河川有这样一个习俗，过年时，锅里不能空着，吃完饭，不能忘记得再盛上一碗，放到锅里箅子上。你还记得，不独你家，别人家亦然，放在锅里的饺子，常常是色儿已经发黑，皮儿已经裂口，边儿已经打卷儿，肯定是好几顿（好几天？）以前的了，但谁也不能说那不是饺子。——放着就能"连年有余"？但愿呗。生活不管怎么困窘，做个梦，啥都不破费，还是能够做得起的吧。

年三十儿的夜里，你家大人总要找来五谷用水生上，观察哪种庄稼先发芽，预测来年老天爷收啥。正月二十五添仓（你们叫"打囤"）日，大人也要在院子里，用簸箕端灰撒圈圈，圈里划十字，放五谷，祈望新的一年风调雨顺，五谷丰登。

富的富过穷的穷过，总之你们过了。初二刚过，你家的年味儿马上淡下来；一过破五①，你家的主食逐渐转为日常的小米饭，年糕、豆包、杀猪菜什么的，不再顿顿吃了；等过了十五，年呢？在对子上呢，在挂钱儿上呢。瞒不过你，大人藏着掖着的，还有年落儿的②。不过你和家人要忍住馋虫，留后手，预备着来人去客的吃了。新正大月，让客人吃小米饭，那可难行！人穷，穷肚子可以，穷脸面不行。

你们是过日子的人，日子比线儿还长呢，总不能因了过个年，把日子过得续不下去。听说李自成倒是连过十八个年，可他把江山过没了。

在你们的日子里，年承上启下，过完年，你们又精神抖擞地将自己移到田地里，继续生长，直到长成一把一把的"老骨头"。

8

给人粗浅的印象，你们只是"生存"，而非"生长"，他们哪里知道——

是的，你家家徒四壁一贫如洗，家里柜子上摆着的一大一小两对瓷瓶，用了许多年，瓷瓶掉瓷的掉瓷、裂口的裂口，出土文物一般了，但你母亲拾掇着，继续用。也是，不继续用，柜上摆啥？豆子往哪儿放？掸子往哪儿插？瓷瓶在你家，不单单是摆饰，是不可或缺的家具呢，你们干脆称瓷瓶为"插掸瓶"。而就这瓷瓶，还是你母亲的嫁妆呢。

不过——

---

① 初五；过了初五，过年的禁忌都破了，故称"破五"。
② 过年结余的东西，主要指吃的食物。

你家的院子里，大人一般侍弄两个菜园，东一个西一个。菜园里除了种菜，在园子的某个角落，大人也不忘丢下几颗花籽；浇菜时，顺便将花儿也浇一浇。菜绿的绿紫的紫时，花儿也粉的粉红的红起来。花儿尽是再普通不过的那几样，谈不上名贵。尽管就那几样，你却也叫不上名儿来，你是花盲？不，花儿就叫花儿，分什么这种那种，晓得大朵儿的粗朴、壮实，小花儿的喜兴、娇艳，完全可以了。

小孩子在花儿盛开时节，或者明着或者偷着，掐下花朵儿，胡乱玩儿上一通。有时，不管丫头还是小子，还要戴在头上，臭美。大人见花朵儿少了，每每骂孩子一通，但骂也止于骂，并不认真追究的。种花儿，不就是为打扮嘛。打扮在孩子身上，只不过少打扮园子几天罢了。兴致上来，大人也要摘下一朵两朵，给孩子戴上的；至于自己，就免了。大人头上戴朵儿花的，只有戏台上，《花为媒》（你们通常叫《张五可观花》）中的阮妈。

不是大人爱美不爱美，是生活总得有美哩，哪怕生活再贫苦！河滩边、山坡上、田地旁，野地里自生自长的花儿，也这样认为的吧？虽说羊肠河流域的气候，以干旱为主，但花儿，该萌芽时萌芽了，该绽放时绽放了。

你姐，就是那人中的花儿呀。

你姐比你大整整十一岁，你开始记事时，姐已经是大姑娘了呢，但你不记得姐穿得鲜鲜亮亮过，全是手针缝的衣裤，灰扑扑的。但姐也有化妆品呢，她的化妆品分两样，一雪花膏二蛤蜊油，雪花膏用小白瓶盛，擦脸；蛤蜊油用贝壳盛，擦手。雪花膏是散买的，蛤蜊油不散卖，只能一盒一盒地买。蛤蜊油使尽了，姐将贝壳给你和弟弟玩儿。

姑娘家，正值青春年少，哪个不爱美？虽说托生在你家，姐只能简单美美；家中里里外外的活计等着姐，她也实在没闲心美。美，总得闲下来，身子闲下来，心闲下来；忙里偷闲的美，脱不掉"简单"之嫌。

姐是"向阳花"①。一年四季，姐几乎全长在队里，出那一天两毛钱的工。不是"时代不同了，男女都一样"，提倡"铁姑娘"嘛，姐是地地道道的铁姑娘！队上有啥活就出啥工，根本不考虑轻重什么的。今天看来，那是忽略男女性别的时代了。有啥法子呢，即使重视男女性别，可家境贫寒，姐不出工行吗？命吧，谁让姐生在头里儿长在头里儿，身下有三个弟弟呢。

好在总有农闲，冬季，姐终于腾出空儿来，恢复女儿家本色，做女红。姐继承了母亲，也做一手好女红。所谓女红，于姐而言，做包袱鞋。

做包袱鞋，需要买的材料有青（白）布、条绒布、风眼、松紧带，等等，这些很便宜的，几个小钱足矣；袼褙、麻绳等，自己就可以做，用不着花钱。而做其他的女红，裁袄缝裤的，哪样不得花钱哪。式样呢，似乎也不多，加松紧带的、砸风眼的、带勒子的、小鞋脸的，几种而已。鞋的高低，完全在做工上——名牌产品追求的，不正是这两点吗？做工好坏，一看鞋面绣花，二看纳的鞋底。

姐的包袱鞋，差不多双双绣花儿。至于绣的是什么花儿，你是小子孩儿，几乎一种也不认识，更不敢妄加评论了。为了纳出好鞋底，姐自己搓麻绳。精挑细选上等好麻，一批儿一整根不断头的。羊肠河川产麻。大人们搓麻绳，习惯将小板凳绑块胶皮，然后在上面搓，姐嫌那样脏，绾起自己的裤腿在上面搓。麻绳搓得呀，白白的、匀匀的、长长的，一根是一根；大腿搓得呀，由白变红了，由点而片了，多少天后大腿才消肿。"借别人的大腿搓自己的麻绳"，在羊肠河川，是占他人便宜的意思；由此推测，用自己的大腿搓自己的麻绳，该是多么的不"便宜"。姐在鞋底上纳出的式样，你只认识窗棂形的、大方块的、疙瘩状的等少数几种，其他的全是蛤蟆跳井——不懂（扑通）。

---

① 向阳花：本来，"公社是棵常青藤，社员都是向阳花"，但这首歌一般男女声重唱，女声唱第二句；慢慢地，"向阳花"被女社员专用了。

鞋面绣好了，鞋底纳好了，上到一起，鞋做完了。不，姐还要包装一下呢。在鞋底露出麻绳的地方，姐染上红的或者粉的颜料。点点鲜艳的颜料缀在白地的鞋底上，整双鞋立刻生辉，俏丽无比！

这些是看得见的做工，看不见的，姐也精细呢。袼褙，姐冬天时自己打。将平时攒下的旧布头，浆洗干净，晾干后用烙铁熨平，在拿刀刮了又刮直到露出本色的木面板上，抹蒸馒头才用的白面打出的糨子，抹匀一层糊一层，抹匀一层糊一层。糊够厚度后，将面板立到外面朝阳的地方，晒。姐打的袼褙，弹一下，声音是清脆的，而不是闷声闷气的噗噗声。

姐做女红时，边做边唱，"手拿碟儿敲起来，小曲好唱口难开。声声诉不尽人间的苦，先生老总听开怀。月儿弯弯照高楼，高楼本是穷人修。寒冬腊月北风起，富人欢笑穷人愁。"这是当时的一支流行歌曲，电影《洪湖赤卫队》插曲。唱流行歌曲的人，无论在什么时代，肯定沉浸于幸福状态。是啊，女孩子做女红，天赋女权，焉能不幸福！

姐每做完一双鞋，习惯端详上半天。一边端详，一边也在憧憬吧，憧憬自己的未来。

姐十六岁上订的婚，三四年了，已经到婚期。正在这时，队上来一个去外地林场做工的指标，姐争取到了。做工一天挣一块三毛八呢，差不多是在队里上工的七倍！姐走了，一走就是一年，再走又是一年。

姐要去林场的头天晚上，姐的老婆婆（你的二表姑），领着姐夫来家里。二姑同母亲在屋里说话，姐夫同姐在屋外说话，你在当院玩儿。姐夫送姐一副扑克牌。过年姐回来时，扑克牌又带回来；已经磨得方不方圆不圆缺边少棱了，但给你们小孩子玩儿，还蛮可以的。

——二姑是你爷爷的三嫂子的娘家三妹的二女儿。农村是以家族、血缘为核心维系的社会，人们认亲。"亲打近处论，先叫后不改"，两家割成儿女亲家后，亲戚关系仍然按照老亲论，该怎么称呼还怎么称呼，只有你姐和姐夫两人改了口。

听你姐说，姐夫给她去信，落款是"表哥"。这倒也不错，论老亲，姐夫的确是表哥。姐也便大大方方，找人读信、回信。姐夫高中毕业。

第二年冬天，姐从林场回来后，出嫁了。庄稼人嘛，成年后，男大当婚时即婚，女大当嫁时即嫁，哪像城里人，二十来岁该结婚时不结婚，四十多岁了，徐娘半老，却仍好意思嫁人。

结婚是人一辈子的大事，一辈子就为一回新，你母亲当然也找来人帮忙，找的是你本家嫂子，给你姐开脸。用一根棉线，折上几折绞在一起，样子有点儿像你们玩儿的"撑老牛槽"。当然啦，玩"撑老牛槽"啥线都行，可开脸的线肯定是新的了。嫂子将线的两端缠绕在双手的手指上，手指不够用时，嘴也得帮忙，使线的中部绞在一起，两手一动，绞在一起的部分就会移动起来。把这个部位贴在脸上，绞住并拔去脸上的汗毛。除了绞汗毛，连长得不齐整的眉毛，也要细细地绞一绞。终于绞完了，你急不可耐上前，摩挲姐的脸，"姐，溜光溜光的，溜滑溜滑的，扒了皮的鸡蛋似的。"你一边摸一边感受。"去，小孩牙子，知道啥。"嫂子笑着将你骂走。

——你可能想不到，姑娘出嫁前开脸这个仪式，在你们是世代相传的呢。在你们远年的故乡山东，此时这个仪式，照样一模一样地传承着，不曾中断。倒是这些年都失传了。美容术进步的缘故？

女的出嫁，总得有嫁妆的，姐自然不例外，尽管由于家境，姐的嫁妆，主要是两个包袱，一包袱鞋子，一包袱衣服，剩下就是零零碎碎的，脸盆、圆镜、长命灯什么的了。家里陪送的是一副挂钟。

你母亲也有包袱鞋呢。有一回，母亲拾掇柜，从柜里掏弄出一双鞋来，拿给你们看，鞋虽然颜色已然发暗，式样也显得怪模怪样的，但从做工上，一眼便看出是双包袱鞋。不是姐的吧，那又是谁的呀？母亲笑了，说那是她的，就落这一双了，留个念想。

母亲也曾为过闺女，也是女儿家呢。

送亲的人用筐挑着，送到姐家的。虽说姐家就在你家东面，新盖的三间房子，仅隔一家。但送亲的也成队伍哩，虽然没有浩浩荡荡。有送亲的就有接应的，送亲的担子刚上肩，走不出几步，那边已有人快步上前，接过去了，"冷不？快上屋！""不冷，不冷。"人们寒暄着，如同久违的亲人。

姐和姐夫结婚后三天回门，母亲给做的是馅饼，白面皮猪肉馅。在你的记忆中，这样的馅饼，母亲只烙过这一回。

而在七十年代末，社会的焦点之一为：

　　《大众电影》作为当时唯一一本有彩页的娱乐杂志，在第5期的封底上刊登了英国电影《水晶鞋和玫瑰花》的接吻剧照。一个读者愤怒地给编辑部写了封信提出抗议："社会主义中国，当前最重要的是拥抱和接吻吗？"这一质问引起不少人的共鸣。

爱情无论何时何地，都是人间的奢侈品。——难道不是吗？哪怕现在，哪怕都市，甭说你小时候了，甭说农村了。但你家居然也有哩。爱情，绝非才子佳人的专利，庄稼人一样拥有，应该拥有。只不过，庄稼人不叫"爱情"，"爱情"听着让人酸得掉牙，叫"有疼有热"。

贫穷、困窘的人生，一样有光明与温暖。——而这不是"生长"还能是什么，甚至不妨说是享受哩。

在《生命》一诗中，你这样吟道：

　　谁在那儿哭泣　嘤嘤地
　　我么　那
　　微笑的又是谁呢
　　花枯了　叶正绿着

根在看不见的地方一动不动

根在土里　我的土呢
据说叫命
任我哭泣　任我微笑
眼泪和笑声浇着
石头一样的命

管它呢
花时便花　叶时便叶

9

你们隐忍着，你们煎熬着。

即使是到1976年，打倒"四人帮"了，轰轰烈烈的无产阶级文化大革命终于寿终正寝，你们真实的状态又是怎样的呢？

据你家乡的《旗志》记载：

1977年，全旗夏旱面积114万亩，豆类等早熟作物旱死，有13.6万亩绝收。

1977年5～6月，旗内相继多次降冰雹，受灾总面积达28万亩。

1977年5月13～14日，全旗出现霜冻，蔬菜大部冻死，树木幼芽冻落，谷子、小麦叶片变黑。

1977年10月26日降温，先落雨，后降雨夹雪，随降随冻。到30日止，雪（雨）量达40～60毫米，树枝、电线上形成雪凇，地面积雪表层结冰，牧草被覆盖，瘦弱牲畜大量死亡。

树木断枝，电线压断，交通阻塞。

……

转眼间，1978年又到了，"喜气洋洋过春节；身强力壮迎长征"。春联中这样写道。而以前，不是"抓革命家家幸福；促生产人人高兴"，便是"革命者要胸怀世界；接班人须放眼全球"，再不"东风浩荡农业形势无限好；红旗招展生产战线气象新"。1978年，国家要开始新"长征"了！

据中国历史大事年表记载，这年：

中美正式恢复外交关系；

中国人民解放军边防部队在广西、云南边境对越南发起自卫还击战；

《追捕》中高仓健凭着硬汉形象树立了绝对的荧屏招牌；

邓丽君《甜蜜蜜》专辑发行，此歌曲在大陆掀起了"邓丽君热"；

可口可乐伴随着中美建交重新进入中国市场；

私家车解禁，国家首次宣布允许私人拥有汽车；

十一届三中全会召开。

……

所谓"大事记"，不过是时代背景罢了。据《旗志》记载：

1978年6月11日～7月9日，全旗连旱30天，大田作物叶子蔫萎。

你们具体的情形则更是这样子了——

由于连续遭灾，陪房营子更得吃返销粮了。"返销粮"一词，不知道在读者朋友那儿，是知识还是经验，希望它是前者，前者来自书本，供人理解而已，最好什么也不是。如果"什么也不是"，很高兴为朋友解释一下：种地不得交皇粮国税吗？如果歉收，从皇粮里返回来再销售给种地的，价格低于市场价，半卖半送，此便谓之"返销粮"。

"爹死娘亡，不忘老肚老肠。"人没吃的了，老肚老肠则咕咕叫唤，不让你啊。有什么办法呢，"人民政府为人民"，找政府吧。政府是不能也不会，在老百姓经受苦难的时候，别过脸去的。

你记不清多少次了，深更半夜的，梦中被大马车的吱咛声吱咛醒，这是生产队去粮站拉返销粮。大马车行驶得慢，得早去才能早回，有多少人家在等米下锅。借米下锅易，等米下锅难哪。

漆黑的深夜，凄冷的梦境，凄凉的声音。

这年返销的是高粱，帽高粱。帽高粱不愧是帽高粱，不管是蒸呀还是煮或者轧面吃，一个字：涩。"进口"费劲，"出口"更难哩，每回大便，人得吭哧、吭哧，千呼万唤，屎才出来；准确说，卡住了，里一半外一半，得接着吭哧接着千呼万唤，才有一截儿迫于压力出来，短短的、黑黑的、硬硬的；而大便，又总不能只是一截吧？……

不说这些了，这些令人不快；……不快？你们只是生理上不快，而我们的不快呢？忍忍吧，啊：你不乐意了。……我能乐意吗？在学校里吃食堂，食堂尽卖棒子面干粮，机器蒸的，蒸出来切成块儿卖，大块儿的五两，小块儿的二两，我们叫"砖"，方方正正的，看着倒也挺好，可一吃，唉，半生不熟啊。吃吧，不吃这吃啥。回家再好好吃吧。谁知，家里大人吃的是帽高粱！半生不熟，多吃点咸菜，多少能遮遮，对付着过去了；可这涩……

令人愉快的是，站在世人面前，他们一人来高，你们也一人来高；他们一人来沉，你们也一人来沉。吃糠咽菜的，人照样长大了。

营子东大道旁有棵树，大人、孩子都叫它"小老树"。名副其实是"小老树"，树干粗大而弯曲，树皮斑驳而光滑，但个头儿极小，学龄前后的孩子，在它身旁，一不小心，树冠都要碰着头的。

"小老树"是棵榆树，孤零零地长在那儿。它原本也是棵发育正常的树吧，但因为长在那里，立而不孤，便成了孩子们的欢乐树。倒也是，树冠呈大铁锅状，没主干，树枝均匀地倾斜生长，小孩儿三下两下爬上去，恰好能坐下，调皮点儿的，甚至能在上面倚坐，跷起二郎腿呢。

树干被孩子们压弯曲了，树皮被孩子们爬光滑了——想不"小"不"老"，也难哪。秋冬时节，你们溜下来爬上去，摇啊摇晃啊晃，树动根动地也动，让人不落忍，但你们顾不上这些，玩就是了耍就是了。稍远点儿瞭望它，树干黑皱皱的，风干了一般。天哪，一到春季，它还是长出了叶，稀稀的、碎碎的，和玩耍它的孩子的牙，一样一样的；但就这星星点点的绿色，也足以证明：它还活着。

小路修成大路，小老树被大人砍掉，做了柴火。你不知道自己吃的饭中，有没有用小老树煮熟的；你只知道，自己的骨骼的确一天天地粗大起来，你长大成人了。

三十年后，你在家乡的地方志办公室工作，在《苦难》一文中，更这样感叹道：

> 编故乡灾害志（1982年～2004年），因稿催得急，匆匆忙忙地纂集、整理、编排、打印、校对、付梓，待到整整齐齐、漂漂亮亮的文稿变成铅字，读时，才猛然想起，这是我和我的乡亲们曾经的苦难啊，疤痕未消文字又提。
>
> 对待苦难，我不是乐观主义者，"与天斗其乐无穷，与地斗其乐无穷，与人斗其乐无穷"，在我是无从提起的，我天生是个小人物，英雄的境界我达不到；何况，生于穷乡长于

僻壤，草根出身，几十年来，凄风刚去苦雨又来，才下眉头又上心头，即使乐观，也只能是盲目地乐观啊。但苦难不可避免时，我也决不一味地悲观，哭天喊地、怨天怨地，信天由命、自暴自弃。做不成英雄的同时，我也决不做狗熊！

我是地地道道农人的后代啊，身上长着的是农人的骨头，流着的是农人的血液，一丝一毫，都浸润着农人的精气神。农人对待苦难，同臧克家笔下的老马一样，"横竖不说一句话"，"把头沉重地低下"后，再"抬起头望望前面"，直面，坚忍，渴望。

我过往的故乡啊，苦难之后还是苦难；我和我的乡亲们啊，顽强之后还是顽强！

小时候，谁家偶尔来位城里的亲戚，你们小孩儿总要挤进去看看，一边看一边跟着大人啧啧不已，看人家穿的，油光水滑，一个褶儿都没有，一个土星儿都不沾！听亲戚说，在街里就是捡破烂儿，一天也能赚好几毛钱。唉，大人们在生产队，一天累个臭死，才挣一脚踢不倒的两毛钱。

但，你们一样长大了。

一个城里人路过下店代销店，要买一袋盐面。多亏你姐夫见多识广，能马上回答："我们这儿不经营盐面，只卖散装的大青盐。"那个城里人惊讶万分："啊，你们不吃精盐？那你们咋生活的呢？"

而许多年后，每当听到农村人调侃城里人，"我们用土坷垃擦腚的时候，你们用纸擦腚了；我们用纸擦腚的时候，你们用纸擦嘴了。""我们吃糖精的时候，你们吃糖了；我们吃糖的时候，你们得糖尿病了"类似的嗑儿时，你却笑不出来，只感觉到苦涩，一股深入骨髓的苦涩。你在突泉工作时，有一位同事，苏老师，经常牢骚满腹，"我堂堂一个本科大学毕业生，工资比谁谁还少五毛钱。"谁谁是苏老师的中学同学。同学家是城镇户口，中学毕业后根本没参加高考，接父亲的班，直接参加了工作。而苏老师是农村户口，只好靠考学，才能取得工作。但他发现，哪怕又多念四年大学，还是比原本学习啥都不是的同学，一个月少挣五毛钱！——他能不发牢骚吗，虽然他已经挤进城里人的队伍，不必发了。

更多的时候，你高高举起手来，攥紧拳头后，狠狠地摇晃起来，像是示威像是鼓劲更像是挑战。忘记是哪个愣小子说的了：农村空气新鲜，为什么不将城市建在农村呢？你当时便脱口而出道：凭啥?!

大年初一，你领着家人去长辈家拜年。在街头拐角处，你碰到一个人，盘腿坐在商店前的台阶上，前面是半瓶白酒、一个塑料袋，袋里装的好像是烧鸡之类的，正在那吱儿一口酒吧唧一口菜地喝呢吃呢。那人是乞丐。平时，遇到他们，你往往忍不住恻隐之心，会多多少少地掏掏腰包，或者是凄然的一瞥，而绝不会视而不见，漠然走过去的。但这回，你犹豫起来。大家都在过年，即使以乞讨为生的人，老天爷也没有落下，照样安排他们"天增岁月人增寿"，尽管他们……还是别给了吧，他们一年三百六十五天，有三百六十四天需要人施舍，但今天他们不需要，不需要居高临下，不需要可怜。为生活所迫罢了，但一样是人，一人来高一人来沉，只不过是一个人儿，在"外面"过年而已。

你矛盾了很久，还是狠狠心，走开了，尽管那人一眼看上去便是真乞丐。对以乞讨为业者，你是连半个眼珠都不给的。

第五章　故里生死

1

你的先祖王富、王荣兄弟，因了自己的死，给他们的后代解决了死这个问题。而人这漫漫百年，要解决的无非是两件事，一死一生。

王氏家族规定，子孙死后，体位一律头枕山脚踏河，头北脚南。按照辈分，自上而下，每一辈占一行；按照生年，从东往西，每一对夫妻占一个穴。即使哥哥还活着，而弟弟已经去世，没关系，给哥哥空出位置就是了。

生命都是两辈子，生是一辈子，死又一辈子，鬼是地下的人，人是地上的鬼；只不过，鬼风霜雨雪着，人柴米油盐着。而且，生这辈子要有个家，死这辈子更要有个家，这是错不了的。

死后这个家，祖先给安排好了，王氏子孙再没有后顾之忧，只管活下去就是了。

王氏家族里，流传着这样一则故事——

叔侄俩在外扛长活，给财主家长年打工。当地发生人间鼠疫，侄子传染上了。病一天比一天厉害，侄子着急了，"老叔，让我回家去死啊，回家去死。"叔叔心一横，背起侄子，"好，咱们回家！"叔叔将侄子硬是背了回来！

叔叔将侄子背到东梁沿儿上，让侄子看看"家"。侄子父母早亡，房无一间地无一垄，是叔叔一把屎一把尿，把他拉扯大的。侄子抬头看天低头看地，一边看一边呢喃不已："可到家了。"因了病，侄子的眼睛已经看不远，但没关系了。"嗯，到家了。"心事了了，叔叔的心情平静下来。

没了心事，接下来的事儿就好办了。

叔叔背起侄子直奔祖坟。不能回到营子里，族规不允许，也确实害怕再传染上别人。在祖坟附近，叔叔用手打坑子。一边打一边和侄子说话儿："可惜，这是夏天，要是秋天就好了，秋天庄稼长成了，老叔说啥也给你编个五谷囤；长命灯也别买了。"侄子说："老叔，把草帽给我盖脸上吧，好见老先人。"叔叔连忙答应："这行，这行。"将草帽给侄子盖上。坑子打好了，叔叔又去撅个树杈拔了几根马莲草，细细地编好拴上，弄了个鞭子，放到侄子手里，告诉他："也没法儿烙打狗饼了，道上碰上狗，就拿鞭子抽吧。"将侄子放进坑里，正当好体位，照样是头枕山脚踏河。叔叔累了，坐在旁边抽烟。酷热的阳光下，只见叔叔脸上的汗水，顺着已经花白的头发梢儿，往下直淌，将眼睛全蒙上了。叔叔举起手来，似乎要从头上拿什么，手举到半道又放下来，叔叔使劲闭了闭眼睛，而等叔叔睁开眼，脸上的水却更多了，叔叔索性不闭，水反倒少起来，只有粗粗的、厚厚的痕迹了。侄子说话了："老叔，埋吧。"声音微弱而平静。叔叔站起来扬土，一边扬一边反复地说："侄子别害怕，老叔给你盖新房子了；侄子别害怕，老叔给你盖新房子了；侄子……"直到扬起一座崭新的坟茔。与祖坟里的坟茔相比，倒也一般无二。

快晌午了吧，阳光正足，羊肠河上空水汽迷蒙，看不清楚河水，只有流水声传过来，哗——哗——

死就死吧，这是命；但不能把骨殖丢在外地，做孤魂野鬼。哪怕因为单身，又是横死在外面，按规矩不能入驻祖坟，可只要能够回家，哪怕只是同先人割邻而居，也心满意足了。族规规定，没成年的、单身的、横死的，还有没儿子的，不能进这个家；当然也要安排的，把他们安排在祖坟附近。——扔在荒山野洼，当孤魂野鬼？那可不行！不说在"这边"，逢年遇节的，后人祭奠先人时，总忘不了他们，单说在"那边"，大事小情的，有同族的照看着，至少也不人单力薄啊。

——阎王爷也被感动了？叔叔用了生命冒险，却没有被传染上鼠疫，而且高寿呢，活到八十五岁。这在王氏家族里，是绝对的高寿了，男的一般的活五六十岁，倒是女的大多寿长些，活六七十岁。

陪房营子老王家的子孙，从王富、王荣的下辈开始，死这辈子和先人永远住在一起；生这一辈子，也和先人在一起呢。

每年一到年三十儿，太阳压山时，族长便率领王氏子孙，馨香祷祝一番，恭恭敬敬请回先人，让先人同后代一起过年；初二太阳压山时，年过完了，还由族长率领着，再把先人送回去。在老王家，白天属于阳家的后人，黑夜属于阴家的先人。这是逢年，遇节呢，自己还没过，得先去给先人过，送上先人过节的钱。

不年不节的，但谁家有喜事，添丁进口，更少不了的，要到先人那儿，压上粉坟头纸儿，禀告后，再去操办。否则，先人可以原谅你，可你邀请喝喜酒的，不挑你礼才怪呢。

只要你是王氏先人的后代，不管是男是女，家里有喜事了，按族规都要压的。你看吧，如果是老王家的姑爷那边来人，手里拿着粉坟头纸，老王家的人马上明白了，姑奶奶（对本家族出嫁了的女性的爱称，与辈分并无直接关系）家有喜事了。同样，要到先人那儿，压上粉坟头纸儿，禀告了，再去——不用"操办"了，直接去喝喜酒就行，带上喜礼。

只要是王氏子孙，"我"绝对不是一个人，而是"我们"，哪怕他只身在外孤身一人，看似形单影只，只不过"我们"在"我"中，不仔细看看不清楚罢了。

　　——即使是王富、王荣兄弟二人，死这辈子也有家的，父母的烟袋和顶针，是哥儿俩永远的归宿。

　　在乡土中国，人们捧起一抔尘土，便是捧起了先人。你岳父老家河北省玉田县，他母亲去世得早，父亲领着他们辗转到塞外谋生。父亲给他娶了后妈。老人们都去世后，你岳父给他们殡骨。你岳父回老家，但亲妈的坟找不见了，便带了一包乡土回来，细细地撒在了生身之母的棺椁里。

　　你的一个侄女远嫁安徽长治，那里不是你们这儿的黄土，而是棕色土壤了，但这能有什么呢？连绵在一起的土地哩，只不过改变了颜色而已。

2

　　1963年——月日搞不清楚了，只知道是夏季。你爷爷王xi珠在五十六岁上死了，去了祖先那里。

　　根据相貌，先人一眼便将他认出，但上下一打量，马上忍不住了，埋怨起来："怎么还是一身老棉袄老棉裤，没换上棉袍？"按照族规，上那边儿报到，要求身着礼服，外罩是棉袍，里面再衬上棉衣，而且必须上上下下里里外外一身新。你爷爷倒也坦然："咋不想换！可那边儿没有啊。""也是，你拉扯九个孩子，三男六女，不容易。"先人叹了一口气。"可不，到了也没完成任务。"得到先人的谅解，你爷爷感觉轻松多了，可同时又总感到毕竟惭愧，却也实属无奈，说完这句话后，随即叹了一口气。先人仍然疑惑重重，接着问道："听说那边是新社会、新中国了，咋还这样、穷？"你爷爷回答："新社会倒是新社会，新中国也是新中国。"别看你爷爷活的岁数不大，但经历过清朝、中华民国、伪满洲国再到中华民国，最后是中华人民共和国即"新中国"，三四个朝代哩，其中在"新中国"生活的年头最长，长达十余年，说起新名词来，你爷爷自然比先人溜乎多了，"给穷人分了地；可性子急，一口想吃成个胖子，又归拢到一起。这不，就这样了……"有句话几乎溜到嘴边，你爷爷硬是将它咽了下去：自己在阳间一直没弄明白，可别再给阴间的先人添乱了。这句话是：新中国说谁穷谁光荣哩，"穷三辈"不是骂人话了。唉唉，真是怪出大天儿来了。

你爷爷这代一生经历的朝代之多，在王氏家族的历史上，的确罕见，这是你爷爷一代的自豪之处，却也更是其辛酸之处？

"咋来的？"先人问道。"气管炎。"不待先人细问，你爷爷接着告诉下去，"也上大队的医疗合作社——就是药铺——买过药，不管用。"先人不问啥了，"来了就回家吧。"

这边夕阳西坠，但因了夏季，天光还亮着；那边阴蒙蒙的，可不用看，你爷爷也知道咋走，在地上时，从家里拐过小孤山就到了，一袋烟的工夫，只不过没到这里边罢了。女儿们、孙女们的哭道声还隐约可闻，你爷爷已经到了。

这时，王家已经从营子南头搬到北头，紧挨着小孤山了。每天人们去山上干活，在"这边"的道上一撩眼皮，就能看见"那边"。如果人从外面出门回来，一下梁，首先看到的不是"这边"而是"那边"。"到家啦。"人一边叨念着，一边朝梁下走。

"那边"的四围有人工种植的山杨树，树长得好像很慢，今年看它们那么高，明年看还那么高，甚至三五年过去，想想，还是那么高似的，但它们都长着，温暖的季节里长出绿叶，寒冷的季节里长不出来了，就站在那里，挨着，等着来年再长出来。秋风刮起来时，地上积上一层又一层的树叶。山杨树叶子碎小，不起眼，但叶片厚，刮起时发出的声音是唰、唰、唰，硬硬的，而不是哗啦、哗啦，软软的。叶子的颜色也不像别的杨树一水浅浅的黄色，而是黄中带红，那红甚至是酽酽的枣红色。还有不用人工种植的野草，野草该长出来的时候长出来了，干旱时慢慢长，湿润时疯似的长；该枯萎的时候枯萎了，做下一代野草的养料。

——五十多年后，要给爷爷立墓碑，你的老叔恍惚记得字辈儿是"希"，而你的一位本家老爷爷，不管是政府登记的户口本还是自家立的墓碑，字辈儿一直是"喜"。无可奈何，在这里处理成了"王xi珠"。

不管这"xi"，到底是"希望"的"希"还是"喜庆"的"喜"，都趋向或包含褒义，是好吧，尽管弄不清楚是哪一个好。

关于爷爷的这些，你自然不清楚，而关于父亲，你是清楚的。你的父亲是农历1988年腊月初四公历1989年1月11日，凌晨两点二十七分去世的。

父亲去世时，阴阳先生扎完幡，要一根木杆。不知是谁，到园子里随便寻一根树杈，折巴折巴，便做了幡杆。两支幡顺着放在父亲的灵柩上，一起埋到了土里。羊肠河川习俗，人老后，儿子扛白幡孙子扛花幡。父亲去世时，你侄子王宁已经四岁，刚刚四岁。

父亲去世后的第一年春天，你的哥哥无意中发现，父亲的坟上竟然冒出了树叶，没理会；第二年春天，你们都惊讶地发现，还竟然蹿成了树枝，风中摇摆着，新新绿绿的，在荒凉的坟地衬托下，显得那么生机勃勃！

原来，幡杆长成了树！

你又看见父亲了，真真切切。人都得活两辈子啊，阳间一辈子阴间一辈子。父亲阴间这辈子，以树的形式呈现在后人面前了。

二十四年后，农历2012年腊月初九公历2013年1月20日，早晨八点钟，你母亲阳间的一生结束。此时正值数九隆冬。母亲去世后，刚刚发送完她，不到十月便连绵不断下着的雪，这时不仅停了下来，而且太阳也居然暴暖，房檐滴答起雪水来！死一般寂静的天地间，焕发出久违的盎然生机。

雪下了整整半年，直到来年农历五月才停。这样的雪，在你的记忆中是第一次——也是最后一次！而在这漫长的半年里，全世界除了死寂还是死寂，"盎然"的唯有这一次；其余的所有日子，全是大雪弥漫。

暴暖的太阳、盎然的生机，不正是阴间的母亲，给阳间的儿女呈现的形象吗，啊？

给予你生命的父母、赋予你血脉渊源的所有祖先，都已先后结束了生这辈子，随之死这辈子也陆续开始。

我还生着，生这辈子才到中途，远未结束；死那辈子怎样，更是未知数。自己到底怎样地生怎样地死呢？后人梦中的、眼里的，我的生我的死，是怎样的呢？具体的情形我不清晰，但大致的走向，我应该清楚了。——对自己的未来，你越来越坚定了。

在母亲去世一周年之际，你写下长篇回忆性散文《和娘说话儿》，其中有这么一番话儿——

……接着说你那边吧。

前些天，我大连襟他老妈去世了。老婆儿八十七。去世后，我大连襟把他老妈埋到老家祖坟。老婆儿在城里生活五六十年，老家只是小时候和年轻时住过，但没了后，照样回老家。老家的那堆黄土，才是人永远的家。

可不，地上的人，看起来密密麻麻的；实际呢，地下的人，比这儿还多呢。娘，你知道吧，前些年，听咱们这地方挖古墓的人说，在西梁还是哪儿，记不准确了，打开一口材，再往深挖，啊，又有一口材。呵呵，地下的人，住了个里三层外三层。

娘，只要您走出老屋，打量来来往往的，越来越多的，准是您不认识的。但，我敢断定，他们从前也住在河套旁，是咱们的邻居呢。这样说吧，自从有羊肠河有咱家房后的小孤山，不长时间，就应该开始有人烟的了。

至于最早，河肯定不叫"羊肠河"，山也不叫"小孤山"，这没关系；有这么一条河有这么一座山，就行。甭看您不认识他们，他们应该也不认识你，但，他们和咱们一样，喝河里的水，吃地里打下来的小米，当不住，咱们的屋子，从前住的是他们呢。我爸你们盖时，房身地是块荒界子。——盖房子时，我还没出生，但我听说过。——那是他们不住，又不知多少年之后的事儿了。

不信？您上前打听打听，错不了的；您不打听他们，他们也要打听您的。你们永远是邻居了。既然是邻居，哪能不认识不打交道？一打听，我接着敢断定，他们之中，一准有几百年前几千年前的老地户呢。而不管是我们老王家的祖先，还是你们老吴家的祖先，几百年前，都没从老家山东动身呢，更甭说上千年前了。营子里的蒙旗人和他们比起来，肯定也不是老地户了。——娘，您不知道，但您供二小念过大学，二小知道，两千多年前，汉代、啊不，就说咱们汉人刚刚开始叫"汉人"的时候吧，这条河已经有了，书上清清楚楚记着呢。而有了河，肯定就有了人烟，这儿没断过人烟呢。

羊肠河和小孤山，是地上的人的，也是地下的人的，但归根结底，是地下的人的。地上的人，哪有在河套旁、山底下，住几百年上千年的？只有地下的人，才住这么长久，还差不多永远不再搬家。——挖古墓的人，让地下的人搬了家不说，还害人家，天良何在！

河水在地上流，山也立在地上，但，水是从地里钻出来的，山的根扎在地里，河和山的老家，也在地下啊。河和山，更是地下的人的了。

反过来说，地下的人，更是河的更是山的，同样对吧？他们永远住在了河旁住在山上，不就是与山与河关系密切的证明吗？

娘，别看我现在住在这边，对那边的事儿，好像还不到懂的时候；再加上您新去，对我刚才说的，您可能也不大赞成。但我相信，用不了多长时间，这些道理，您比我还明白。——这也不是什么又大又空的道理，是真事儿。

对于死，你的乡亲们，大多是这样哩——

营子里的一个老头儿，病重好几个月了，这天忽然要坐起来，嗫嚅半天，老伴儿凑到耳边细听，明白了，要儿女们出去。"孩儿他爸，有啥话你就说吧。"待儿女们出去后，老伴儿紧说，她知道，老头子这是回光返照呢。老头儿的脸上泛起红晕，嘴张了好几张，却说不出来；老伴儿不错眼珠地瞅着老头儿，等。"在咱们营子，我没活够啊。"老头儿终于说出声儿来，尽管声息细若游丝，但老伴儿听得清清楚楚。"孩儿他妈，你亲亲我。"老头儿攒足心力，终于说出了口……

当天夜里，老头儿便驾鹤西游了，脸色是那么平静。

老头儿丧事消停后，老伴儿和孩子老姨说闲话，"你说，就那天，你姐夫说没活够，让我亲亲他。""那你呢？"妹妹仰起脸，急忙问道，脸上是满满的诧异和凝重。"亲啦。"姐姐轻声回答，一脸的轻松。

老头儿的这个绝吻，多么的温暖，死亡般温暖……

3

知道，你是靠考成为"天之骄子"的。

同样，靠考，奋斗了整整一个青年时代，少年时的夙愿又终于实现，你重返大学校园，内蒙古大学文学与新闻传播学院，专攻文学创作与研究。甪说，读大学，上次是为了生存，这次则是为了发展。

至于考之前，你怎样地备考，只有你同崎岖的山路、艰难的步伐、无眠的长夜……知晓了；从脑瓜顶到脚底板，浑身二百零六块骨头，每一块至今仍浸润着它们，带给你连绵不绝的疼痛。

当生活困顿、身体疼痛、事业受挫……需要你硬起头皮、咬住牙关、锁紧眉头……你每每地喃喃自语，母亲当年挂在嘴边的那句话"人要没刚，赛似麻穰"；同时隐隐地，总能听见有另外一种声音，那声音微弱却顽强，一遍遍地重复，人如果不听还不让似的，直到听出来，原来是"总得活下去……"，噢，那是你先祖的声音。

你早已白发多黑发少，鬓角则干脆——冬天的老河套一般，白茫茫一片了！你活得苦呀！有什么法子呢，为了让人瞧得起，为了活出个人样来，为了有刚有志，顶着高粱花子长大的人，活得能不难吗，啊?! ——你说。

学校要求自带行李。恰好外甥学艺大学毕业后，留在这座城市工作，他将自己单身时的行李给了你。一条床单没法换洗，再买一条。你去学校超市，热情的小理货员问你："给男孩买还是给女孩买?"你想了想："男孩。"售货员随即给你推荐了一种。

为了实现早年的夙愿，为了改变后半生命运，二十多年前的"男孩"，二十多年后，又是"男孩"了。

学校按培养计划，邀请北京等地专家来校讲座，听着专家精彩的讲座，你却时不时走神：什么时候，我到你那儿去，我在台上，你在台下?

哪怕——

在鲁迅文学院学习，与一位寓居北京的乡亲联系好，去拜访他。你不清楚路线，那位老乡将详细的乘车路线图用手机传给你，但你还是不敢去，生怕坐错车。结果是倒过墙头，老乡过来访你。你的方向感极差，在车水马龙的京都，更辨别不清东南西北，常常迷路了。

可也怪，你居然也在城镇里，生活了这么多年。

到首府呼和浩特来，人家一听你满嘴的赵本山味，便毫不犹豫地断定："赤峰的。"没等你应答，马上大谈特谈起来，"赤峰我去过，不错，市面很繁华……"一听说这儿，你一边洗耳恭闻，一边在心里嘀咕：哎呀，你说的那是赤峰城关区，整个赤峰九万平方公里呢。

读大学时，大家知道你来自翁牛特旗后，有见多识广的接过话茬，"乌丹呀，"随即便问起你，百货公司那条街叫什么街广场叫什么广场。多亏你在乌丹读过书，这难不倒你。不过，每每有一个声音在你心里喊：你家是"乡下"的，离乌丹"镇"有百里之遥呢。

你在乌丹读的是高中，初中是在杜家地公社政府所在地杜家地村读的。家住杜家地村的同学，常常歧视你，因为你是下边大队的。你呢，早已习惯了，觉得无所谓。你在下店大队读书时，已经被家是下店的学生，歧视过了。

更哪怕——

你考上高中，是父亲用倒卖鸡蛋赚的三十五元钱给交的学费；你高中复读，是借四姑家七十元钱交的复读费，而这钱是你工作后才还上的，父亲至死没有还上……

这些年来，熟悉你们村子的人，一唠起嗑儿来，越来越对你说道：你们陪房营谁谁谁发财了呢，谁谁谁当官了呢，谁谁谁在外面做大事呢，谁谁谁……渐到中年的你也随声附和，可同时越来越能听到你在心里的嘀咕：那，我呢？

小黑河畔，2015年春。

现在的你，内蒙古大学文学创作研究班结业两年半后，重返母校，再次专攻文学创作与研究。

此时此刻，夜已深深，偌大的校园万籁俱寂，南校区四号公寓楼105房间里空空荡荡，只有你的键盘，还在挣扎着，敲打文字。键盘声是那么的孤单那么的寂寞那么的幽怨，但决绝、坚韧、清脆。

此时有谁在世上无缘无故哭，哭着我。

此时有谁在世上无缘无故笑，笑着我。

此时有谁在世上无缘无故走，走向我。

此时有谁在世上无缘无故死，望着我。

你还记得吗，二十岁读师专时，同班有一名女同学，她的男友来了。作为同学，你们男同学招待他。酒桌上，那个男同学话里话外，带出这个意思来：你看噢，咱们都读大学，学的还是同一个专业，可我读的，内大，重点；你们读的，师专，破砖（专）头子！你们几个同学一挤咕眼，把那小子灌醉了。

你要告诉那个同学吗，我也来内大了，先后两次！尽管二十多年后，你早已不再年轻气盛，浅薄地嫉妒了。

人生在世，告诉自己是最重要的，告诉别人的只能是一股风。

刚来内大时，头两天，你的脚步是轻的，你的语气是轻的。这是什么地方啊，自己少年时连想都不敢想！这时候来了，倒也不晚，但青春不再，人已沧桑。而这些孩子们呢，青春却正旺盛着。但不过两天，你的脚步坚实了，你的语气抑扬如常了。

你在食堂门口看到了不止一张"寻物'启示'"。

你何尝不知道，"启示"的根源在你的同行们那里，孩子们是无辜的；何况，这学校就有你教过的孩子，而且正读着硕士研究生呢，后来又继续攻读博士。是自己迁移到孩子们身上了，你也为自己此时还孩子气笑了。

笑一笑吧，这些年来，你对笑越来越陌生，笑神经快要瘫痪了。

十二年前，夏，你在散文集《曾经》的"自序"中写道：

男人将自己襁褓时的照片，都毫不文饰地出示于人，是很需要勇气的，该裸的不该裸的都裸了，真诚值得褒扬，幼稚倒也可爱，但更多的是难堪呵。转而一想，似乎也大可不必，高而言之，生命都是历史，历史是不该被耻笑的；低而言之，痕迹吧，回首时有个媒介。

因了此，将自己快二十年前的东西都搜罗进来，它们的时空跨度之大，内容之驳杂，主题之浑浊自不必言，文字的粗糙是最令我汗颜的。

如果读者朋友要从这堆故纸里拔出点什么，比如人生比如事业比如追求，等等，一些高大的字眼，在我，一表示感谢，二表示愧疚，感谢朋友不惜气力寻找，愧疚自己无力满足。

将一人的歌哭，演绎为众人的歌哭，我是多么的渴望，又是多么的惶恐！

书中所收，是我近二十年来，从青年初期直至青年末期，断断续续、深深浅浅的眼泪、欢笑与沉思。从内容上说，是我青春的文字版，通过结集方式，青春在此归档；从写作上讲，假如我今后坚持下去，它便是我写作的童年，咿呀学语，蹒跚学步。

今后的我会怎样呢？我想知道但不知道，祈愿是青春的逻辑发展吧。西哲认为人生从四十岁开始，如果这是真理，这不意味着时年三十六岁的王国元，要踏过这本集子，开始真正的人生吗？

正文抒写完毕，你意犹未尽，又在文末添写一段小跋——

六月三日上午，写毕《诞日抒怀》，终校《曾经》，"水深火热"中（一边喝茶，一边吸烟），想：纯粹的、忧伤的青春岁月，再见了。

那年你四十几，四十六还是四十七？某天，你替妻子看车子。妻子失业后，到处打零工。那天她有事儿，只好你替她一下。一个人骑的三轮车，没有钥匙，要你仔细看一下。等他返回来，见你还在那儿"仔细"着，便没有马上走，停下来，递给你一颗烟，自己也吸起来。俩人一边吸着一边闲聊。"老哥，你六十几了？"那人问道。"今年正好六十挂零。"你回答。

你社会年龄是老年了，生理年龄刚迈进中年，而心理年龄却仍然在青年甚至少年里不愿离去，你将年龄活得个颠三倒四苦辣酸甜。

赤峰地区举行文学创作大赛，颁奖晚会上，你先坐在观众席上。你的一位同学与你坐在一起，她边埋怨你不注重形象，边为你整理头发。最后轮到你上台了——你获得的是一等奖，你按照导播的要求，将证书举起来。而在举起的一瞬间，你心里已经将证书踩在脚下了。

参加时，你的年龄位于"青春"的边缘，大赛是以"青春文学"的名义举办的；颁奖时，你的青春已经一去不复返了。

4

岁月荏苒，大学毕业已近三十年，这些年里，你主要是站在三尺讲台上，为人之师了。这在你的同学里，特别是男同学里，绝对是寥寥无几。毕业时，你的同学尽管最终没有一人留校，几乎全被分配到了中学教学，但不出十年，纷纷改行，有的当官去了，有的发财去了，有的当官发财去了，有的发财当官去了。

你的一支钢笔，用了十余年，使过的笔尖数不胜数，连累得笔杆也沧海桑田：下端的红色保护漆早已不见，而润满天南海北的墨水；笔杆的上端，黄色保护漆老人斑似的，或疏或密贴其上。但这支笔骨子一点没损，从使用价值看，丝毫未损。你每次拿起这支笔来，一种亲切而神圣的感觉便漾满全身心。

你用这支笔，给学生张国升写信：

国升，你远在异地，我不知道这篇文字你能否看到，但你的同学中，肯定有看到的，他（她）会将老师的话转告给你。

你知道，我近来不再为人之师（借调到旗地方志办公室工作），可我要告诉你，师生间的交往并没有因此而中断，或者说反而更密切起来了，特别是同你们原班的同学。一到节假日，我的电话啊响个不停，有时竟然是固定电话、手机一齐响，叫我不知忙哪头啦。你能想象得出，此时此刻的老师，是多么的幸福、多么的快乐！我常常不无满足，自己活到这个份儿上，值了。

不过，一旦平静下来，仍感到深深浅浅的遗憾：国升怎么不给我来个电话呢？

是的，你们都是我的学生，"十个手指头，咬咬哪个都疼"，但，你是我最挂念的那个啊。

你是我的班长，为班级建设立下了汗马功劳。当然，随着时光的流逝，一切荣耀都湮没在历史的烟尘中，何况咱们那点芝麻粒大的荣耀。回过头去看，我最欣慰的是，三年过去，你们长大了，我成熟了。具体说你，我至今认为，你是我的三好生（这和当班长无直接关系）。你好，是你的自豪，更是老师的光荣。

第一次高考，你考得不理想，选择了复读。换个环境，你离开了母校，我也便不再教你。第二次高考，你没有考上理想的大学，一气之下，你再次选择复读。命运吧？第三次高考，你仍没实现理想。无奈，你只好去读选择了你的高校。

我教你三年，肯定不止一次讲过：人生在世，失败了一次不要紧，只要爬起来；失败一百次不要紧，只要有一次成功；一生都失败也不要紧，只要奋斗过。这话说得决绝，但对于你们是适用的。你出生于闭塞、贫困的农村，却又不甘心命运的摆布。"除了奋斗，别无选择"，这是班训，更是你和同学们还有我的座右铭。高考一再失利，真的没什么，何况你毕竟考上了一所应该说还是不错的高校。更何况，你才二十岁。老师已四十岁了，仍在奋斗着，你怎么就以为奋斗已结束了呢？理想，在你的远方，也更在老师的远方呢。——之所以最挂念你，就是因为在你的身上，老师看到了自己的影子。

复读两年，你一直同老师保持着联系，老师也密切地关注你，但今年高考后，你中断了。老师知道你的心思，一点儿也不怪你。入学两个多月了，随着大学生活的开始，心情应该有所转变了吧？纸短巾长，在这儿老师不多说，你想象老师仍在你的身边就行了，心声用口说不出来。

——还是忍不住，"一日为师，终身为父"，这是我的权利，更是我的义务。

国升，你有什么要说的，就跟老师说吧。

后来，这封信在公开发表出来时，编辑给加了一个题目，《青山还在，绿水长流》。加得好！在一篇教学日志里，你这样"青山还在，绿水长流"道：

假如要交款三百六十元，你会交几张钞票呢？……我的学生池艳杰，交到我手上的，是四十一张人民币！

也难为老池了，一拉溜四个孩子，从小学生到大学生，要开学都开学，天啊，上哪儿去弄那么多钱，少一点不行晚两天也不行！好在孩子要是孩子要，老师收是老师收，这不，学校免了学生部分学费，只要求交三百六十元。

一沓厚厚的人民币交到我手上时，我顾不上查，激动还来不及呢，"将来别忘了今天，别忘了你爸妈、母校，别忘了……"我语无伦次地对学生说，像急赤白脸同人辩论的少年。

学生的泪花倏地开放，开放在整个世界的脸庞上。

张国升、池艳杰，哪仅仅是他们自己啊，分明更是现在的你，"青山还在，绿水长流"曾经的你。曾经的你啊——

高二那年冬天，你遭到班主任老师的诬陷，他不但恶毒地侮辱了你，还扬言周一间操时，在全体学生面前亮你的相。当年的你才十六周岁，少年，脸皮比纸还薄，情急之下，当着同学的面儿，你给老师跪下了。老师反而气急败坏，越加不松口，咆哮不止。"士可杀不可辱""是可忍，孰不可忍"……你弃学回家。回家的路上，在一个废弃不用的干井筒子旁，你徘徊复徘徊，干井筒子张开黑洞洞的大口，着急地等着你……最后，你对天发誓："我王国元一定要考上学，考师范类大学，毕业后也当班主任。但我要爱我的学生，不侮辱学生，不侮辱……"彼时彼刻，西北风不刮了云彩不飘了，一齐定定地望着你。

……

形容记忆得牢固，人们往往用"刻骨铭心"一词，其实，这远不够极致。如果谁患下风湿病，则无须记忆了，每到阴天下雨，老天爷便会提醒他。你是早年患上的风湿病，而且一直未愈，没去治疗也不想治疗了。带班当班主任时，你的天空常常不是阴着便是下着雨雪，极少万里无云。

——冤枉班主任了吧？不，时至今日，我教龄三十年了，太清楚顶着老师名分的，绝非百分之百为人师表。班主任怕我一旦出现意外，暗暗地找同学"陪"我一晚上呢：那是他后怕。多少年过去，你原谅老师了吧？早已不是原谅不原谅的事儿，是我从此患了风湿病。而人患了病，病因本身便不重要，重要的是治疗还是不治疗了。

咦，说了这么多，怎么没说你"师者，传道授业解惑也"什么的，难道工作这么多年，却什么荣誉也没获过？

……还是讲个故事吧。

那年，我领着学生来城里参加高考。是熟悉考场吧，领导要学生以学校为单位，一队队地走开，熟悉考场。一中的学生走尽了，二中的学生走尽了……领导也转身离去，走出老远了，领导才觉得不对劲儿，"你们也走吧。"领导招呼道。我站在那儿没动，我的学生也站在那儿，没——动，尽管太阳白花花地照着，晒得人早已顺脸淌汗，尽管那个领导还是我的老师。我当时在农村工作，全旗的农村高中就落我们一所，还在勉力维持着。即使在教育口内部，也有很多人不清楚，这所高中是否还有应届毕业生。这届学生是我一手带上来的，教了他们多少知识我不敢说，但我的某些意志，肯定灌输到每个学生的三万六千颗毛孔中了。见我们这样，领导明白了，尴尬地返回来，重新站在队伍前面，立定，高声喊道："请桥头中学的带队老师，领着同学们去熟悉考场。"我和我的学生们才列队向考场悲壮地走去。是的，悲壮，为了活得有尊严。

这些荣誉证书上不写啊。我教书育人，证书不证书的无所谓，虽然这是一个证书泛滥的时代。

5

至于其他的，简而言之，你为人作嫁衣了，编校来到你书桌上的，一切以汉字呈现出来的东西。只要作者"礼贤下士"，不管他是高官还是学者，在文字面前，你和作者都一人来高；在文本上，你一律勾勾画画。

文字在你那里，是哭着笑着的，是带着血长着肉的，如同你的乡亲，"悲伤着你的悲伤，幸福着你的幸福"，于文字你有一种与生俱来的亲切感。也只有在文字面前，你是谈笑风生的，是风生水起的，是水起云落的；而一旦离开文字，你是唯唯诺诺的，是孤孤零零的，是惨惨淡淡的。

字典查烂了，没关系，再买一本就是了，字典不就是供人查的嘛。参考书翻破了，没关系，再买一本就是了，书店卖书哪能就卖一本。

因了编校，特别是因了从事地方志工作，职业的、业余的，你也编写起地方志来。《万年沧桑翁牛特》便是你与人合作编写的，一本关于翁牛特简史的小书。在"编写缘起"中，你写道：

> 这本翁牛特简明地方史，是张中华老师和我共同编写的。张老师是我高中时代的班主任老师，执教历史，他教给了学生足可以攻读大学历史专业的基础知识。张老师的大学老师，后来也是我的大学老师。
>
> 因为共同的专业，因为共同的家乡，虽然张老师早已不再从事中学历史课教学，虽然我曾"到农村去，到边疆去，到祖国最需要的地方去"，但最终师生还是坐到了一起，搞起翁牛特地方史来。
>
> 这初衷缘于我们对家乡的深深热爱与眷恋，想合唱一支家乡的歌曲。张老师祖籍山东省登州府文登县（今文登市）张家庄，先祖约在清代道光年间辗转迁徙，最后定居于今乌丹镇双窝铺村，族丁兴旺，早在民国年间，乌丹地区便流传"三多"之说（李斌钱多，田万良地多，张庆峰人多），其中

张庆峰即张老师曾祖。我的祖籍为山东省登州府莱阳县（今莱阳市）王家庄，约在道光末年移民来到今桥头镇（原杜家地乡）陪房营村，至今近二百年矣。

当然，一般所说家乡，多指籍贯，不指祖籍，则张老师是喝少郎河水长大的，我是喝羊肠河水长大的。对母亲河，每个人的情感都与生俱来，并且母亲河的浪花会在她的儿女心上翻卷一生！是啊，张老师早已离开双窝铺离开乌丹离开翁牛特，但在他的心上，故乡是永远的牵肠挂肚、魂绕梦牵。是啊，早年，我曾在洮儿河畔工作、生活，但洮儿河水流不到我心的最深处，澎湃在梦里的永远是羊肠河水。

随着师生交往的日益密切、了解的日益加深，很自然地，家乡的歌曲以历史版的形式，由我们师生作词、谱曲、歌唱了。毕竟，我们曾经先后系统学习并讲授多年历史，家乡同历史一样，是我们共同的眼泪、欢笑与沉思。

"樱桃好吃树难栽，小曲好唱口难开。"编写故乡地方史，于我们师生而言，难！水平有限、资料匮缺，与工作冲突、业余多杂务……但同时我们师生更清楚，我们的水平永远不会无限，我们的资料永远不会充足，雷·阿诺说得好，"等我吃得起上等牛排的时候，我的牙齿已经掉光了。"孜孜矻矻吧，焚膏继晷吧，皓首穷经吧，"世上伟大的作品都是在小饭桌上完成的"，这是说西方；中国何尝不是呢，"文王拘而演周易，仲尼厄而作春秋。屈原放逐，乃赋离骚。左丘失明，厥有国语。孙子膑脚，兵法修列。不韦迁蜀，世传吕览。韩非囚楚，说难孤愤……"伟大的先哲们，我们不如你们，不如你们层面高，不如你们贡献大，但就创作过程而言，我们的心态与你们是一样的，毫厘不爽！

一言以蔽之，张老师同我想反哺母亲河，为家乡做点事儿，以表寸草之寸心，事儿挺难，我们知难而做——世界之大，益事之多，可哪一件容易呢？

《万年沧桑翁牛特》的写作过程，用朋友张阿泉的一句话概括吧，"生命是盏灯，写作最熬油。"《万年沧桑翁牛特》的写作心态，用诗人艾青的一句诗概括吧，"为什么我的眼里常含泪水？因为我对这土地爱得深沉……"

就这样，书编写出来，并公开出版。我们知道，史学虽然不是显学，更甭说地方史，但史迁精神不灭，古往今来，一直有许多人埋首汗青，或以它为职业，或以它为事业；具体治翁牛特地方史的也不乏其人，单说当代，有前辈，更有同龄好友，其中多位论资历、论名望、论水平，比我们深、比我们大、比我们高。但哲人教导人们：江河奔腾呼啸，可溪水也长流不止；而且，据我们了解，在此之前，还没有谁搞过翁牛特"史普"，则给广大的基层群众系统讲解翁牛特历史ABC，由我们尝试着先做了。但愿这是一块砖，我们抛出去之后，能引来一块又一块的美玉！翁牛特的制砖业历史悠久，而玉石文化更是名扬海内外！

在《万年沧桑翁牛特》付梓之际，略陈数语，以纪念师生青灯黄卷的日子，献给我们歌哭与共的土地。

《万年沧桑翁牛特》出版于2007年夏季。此书上限起于远古，下限止于1945年"八一五"抗战胜利。接下来写什么呢？你想到了家乡，想到了先人，想起了自己和乡亲们的过往……你为自己的习作取名《羊肠河传》，要为家乡和乡亲们作传。而囿于资料，更囿于笔力，你将"传"降格为"记忆"。其实，你何尝不懂得，文字的高低，不在名称上；只不过这样一来，给了自己仿佛降低些难度的感觉而已。

总之，你的"记忆"从二十年前的那个夏天开始了——

英金河畔，昭乌达蒙族师范专科学校。1988年春末夏初，毕业时节。

……

6

你越来越经常梦见自己的出生了。

汨罗江畔，农历五月初五。

夜色浓酽，江风腥冷。不过，还是有星光，从云层里渗漏出来；后来，又有了月光。月亮仿佛被什么挤压、磨蚀，是那么瘦小伶仃，稍不理会，便被湮没在群星里，看不大见，尽管这时已经逶迤到夜的后半部，星子们消散了稀疏了，不再强势；月光倒是越来越分明，白银一般，光亮而温润。

一个人影，高高的、瘦瘦的，因了峨冠博带，越发显得高而瘦，甚至缥缈，但确乎有个人，在那儿踱着。他似乎在那儿很久了，对此早已熟悉，用不着低下头来寻路，只管踱步下去就是了。脚下到处是嶙峋的乱石，没有一步平坦。或许，他习惯了坎坷；也或许，他将坎坷踱成坦途了。他在做什么？尽管月光分明，浪潮也退下去，咆哮声隐隐约约了，而他的神色并不分明，除了踱步声，他和此时浩无际涯的天地一样，悄无声息；反显得踱步声，在天地间是那么响亮：他用踱步，证明自己的存在。

腥冷的江风，也因了他似的，浸润得腥是那么亲切冷是那么温馨，乃至居然神秘起来，丝丝缕缕却又弥漫而深入，哪一隅都是。脚下的乱石，也街石满眼，阴凉而适意。

忽然，人影不见了，正疑惑间，只听见一声巨响，惊天动地，白浪涌起。白浪顶天立地，浪峰上，竟然托举着那个影子，不，那个人。

浪潮许久不倒，那个人也便一直矗立着，雕塑一般，衣袂依然飘曳，人却凝然不动。与此同时，一切都沉寂起来。不知过去多长时间，也许只是瞬间，也许已是不知多少前生后世，白浪还是倒了下来。而当它倒下时，似乎也是訇然作响，却又似乎只有画面，而没有哪怕一丝儿声响，只是铺天盖地倒下来。随之四野茫茫，万籁复归沉寂。死亡一般沉寂，却又莫名其妙地，神圣而庄严。仿佛天地间，从来就是如此，更应该永远这样似的。

"哇，哇，哇……"沉寂被打破，传来了婴儿的啼哭声。这声音是微弱的，而听来却是巨大的。先前的一切迅即退了下去，无影无踪，仿佛这一切，从来没有发生过。

原来，你出生了。

哪怕推测起来，那天不过是——

羊肠河畔，农历五月初五。

水声激越水汽迷蒙的羊肠河岸边的一户农家，陪房营村滚热的炕头的滚热的沙土上，折腾一夜疲惫至极的母亲和她的刚降临人间的二小。朝霞透过云层越过山梁，映进这户人家。别在窗下的柳枝，虽然叶儿开始蔫萎，但因了霞光，又生机勃勃起来，加之柳枝上挂着的葫芦，虽然小得可怜，纸是过年时写对联剩下的纸片，做工自然更是自家的手工，讲究是谈不上了，但毕竟是新鲜的，红和绿在霞光里相互映照，红的更红绿的更绿。就连土模土样土里土气的房子，也染了红染了绿，满是鲜艳。新鲜得外屋锅里的粽子，和那几颗绝对不多只能起证明作用的，埋在粽子里的鸡蛋，也红了似的也绿了似的；铁锅上袅袅的热气，更氤氲着红的绿的光。红的绿的光掩映下，屋子里的一切，看不清楚了，全都迷离起来。

……

梦后醒来，禁不住每每诧异：一个是公元前278年，一个是公元后1967年，前后相距两千一百多年，隔着重重的光阴，焉能相接在一起？

又隔着重重的山重重的水，一个是汨罗江畔一个是羊肠河边；更甭说一个是屈原一个是自己！这岂不是风马牛？只不过日子同一天罢了，这天都是五月初五。

但你止不住，而且居然越发频繁地做起这个梦来，情节越来越缜密，情景越来越清晰，情感越来越饱满，随之自己也越来越困惑，自己到底是在梦里还是梦外？

管它呢，国家不是正在宣传、鼓励"为中华之崛起而读书"吗，大张旗鼓地，你何不为梦想而奋斗？1984年，十八岁生日这天，你"创作"了生平第一首诗，诗中写道：原（屈原）魂未泯附家方，端阳曦临降婴堂。他年若中神缪①意，定洒美酒汨罗江。在诗中，你为自己取下第一个笔名：家方。诗歌是不符合格律的，出现了硬伤，但在一个十八岁孩子的身上，这算得了什么呢？上帝原谅三种人：诗人、酒鬼和孩子，何况这孩子"少年心事当拏云"。

这之后的第二十五年，2009年秋，你初次来内蒙古大学攻读文学创作研究。报到的当夜，学生公寓楼107舍。

……瓦蓝的天空下，陪房营子东梁上，忽然耸起一座山来。山似乎是石山，而且高大、陡峭，直刺蓝天，太阳也好像被遮住了似的，只有一束半束的阳光，从山的缝隙里钻出来。总之，它不但与你再熟悉不过的家乡的山峰截然不同，而且你在外地也没见过，让你惊奇不已。惊奇过后，你犯起难来，正要到远方去，这可怎么翻过去呢？……

你醒过来，噢，原来是梦。……"没有比人更高的山峰，没有比脚步更远的路程，……"远年的一首歌，那不无雄壮的旋律，马上萦绕在你耳畔。

整整三十年后，2014年五月初五晚，朋友凌翼通过手机短信，赠给你一首诗《端午吟》，诗中吟道：素颜蒿艾济天粽，昨夜梦境见君

---

① 神缪：诗歌之神缪斯。

容。蒲酒一杯清风醉，人间五日现彩虹。诗里吟咏的自然是友情，凌翼并不知道你的生日，所赠之诗纯属巧合罢了；但这"巧合"，不正是你人生的真实写照吗？

从屈原之后，每年的农历五月初五，逐渐成为包括楚地人在内的，所有黑眼睛、黄皮肤，纪念他的日子。屈原分享了自他身后，所有黑眼睛、黄皮肤的岁月，永远的三百六十五分之一。而人世间的岁月，无非是三百六十五个日夜的循环往复而已。

汨罗江是所有"中国制造"品牌墨水的上游。

7

你如此；家乡的人们何尝不如此，尽管他们中的很多人，没有走出来走不出来不走出来。

"也许，此生没有一项桂冠／但我仍然相信／生命之花／
会开在天地之间"，诗人袁光辉的这段诗歌，二姑父怕是不
能懂，但我相信，用在他的身上，是非常恰当的。

在一篇小文的最后，你这样写道。诗歌是高贵的——你早年习作诗歌，之所以后来不再主攻，心存敬畏即为原因之一——你却将其用在了一位普通的老人身上。这位老人是你姐夫的父亲，你的二姑父，名讳高清宽。

是的，老人即使在营子里，也是再普通不过的。因为疾病，老人不能从事体力劳动了，满身的疾病，折磨得他只能从炕头挪到炕梢，从炕梢挪到炕头。才七十来岁，却几乎整天半躺在炕上，熬着风烛残年。阳光充足的晌午，他才能勉强蹭到院子里，一边晒晒太阳，一边扫扫院子什么的。

但是，老人向你感叹道："唉，寻思寻思，我这辈子——没价值，人家都为国家做点儿贡献，可我……"

二姑父年轻的时候，适逢家乡解放，毫不犹豫，响应党的号召，他弃耕从戎，随着英勇的第四野战军，一直打到广州。在广州，抢救部队的物资时，二姑父立了大功（复员后，政府因此奖励他二百斤小米）；入党后，他被抽调到第二十五步兵学校学习。

毕业前夕，学校要送他到广州机场服役，学习飞机驾驶。谁知，体检时，发现他患上了气管炎，不适宜驾驶飞机。同志，你从塞外到江南来干革命，已经不容易了，要是再这样下去，恐怕得把命搭上；不如回家好好养养，等病好了，再为革命做工作，回家照样干革命嘛。首长劝他退役。就这样离开学校？还差七十来个字，自己将达到高小毕业水平了；就这样离开部队？在连队，自己已经是班级干部了。二姑父闹起了情绪，退伍要求照一张免冠照，他衣冠整齐，还特地佩上军功章，坐在相机前，要照就这样照！拗不过高清宽，连队只好允许他破例。

买了一条扁担、一只竹篮，一端是行李，一端的竹篮里放些杂物，挑着，坐上火车，二姑父从江南的军营，万般无奈同时不无憧憬，回到了塞北的家乡——热河省昭乌达盟乌丹县三区小高家梁村，后迁居到陪房营村。离火车发车还有半个小时，二姑父有事要到站外，心想：赶趟！谁知，跑步往回赶时，气喘呀，一着急，竟然还尿湿了裤子。这时火车已经开走了，二姑父捶打自己不争气的身子，只好等下一趟。

而在二姑父去世二十多年后，你还时时记起老人，是因为——

二姑父珍藏着一本日记，封皮暗绿色，内里二百页左右，由于岁月悠远，纸面泛黄。日记的前两页有几则留言，摘录如下：

保持光荣发扬光荣在毛主席的旗帜下永远作人民敬爱

的英雄

友赵兴元

六月五号于汉市

希你为祖国努力，努力，再努力！

郭俊卿

6.5/51

　　原来，1951年，二姑父作为功臣，同其他英模一起，组成英模报告团巡回报告，结识了报告团团长赵兴元和团员郭俊卿。惺惺相惜，二姑父请二位提笔留言。赵兴元是"文武双全的全面英雄"，1988年晋升为中将。郭俊卿是闻名全国的特级战斗英雄，"当代花木兰"，与二姑父是同乡。郭俊卿的留言用钢笔书写，字势稍微右上倾，字体疏朗、流畅，既有军人的阳刚之气，又不失女性的秀丽。

　　二姑父自称的"没价值"，是与赵兴元和郭俊卿相比啊。而你觉得，二姑父是有价值的——

　　回到家乡后，二姑父牢记战友的希望，多少年来，一直"为祖国努力，努力，再努力"着。二姑父率领年轻人开山挖渠，战天斗地；任大队委员，带头植树，绿化家园。当满坡满坝满岸的杨树、柳树、榆树高大、茂密起来，二姑父老了。至于二姑父还是个巧人，许许多多的技术活儿，他都在行，绑笤帚、焊脸盆、打针输液、炒菜做饭、磨剪子戗菜刀、砌砖墙打地面……嘿，二姑父会的活儿老多了。活着时，左邻右舍离不开他；死之后，亲戚朋友念叨他——也是"有价值"的一个具体表现了，尽管二姑父的"祖国"，最后落实下来，只能是你们的家乡了。

　　唉，由于生活的艰难、疾病的折磨、儿女的拖累……陪房营子人能活下去，已经够不容易的了！何况二姑父，一条庄稼汉子，为了改变自己的命运，为了改变家乡的面貌，奋斗过。尽管革命的年代里，奋斗的人生，被贴上"革命"的标签，涂抹上"革命"的色彩。

你读小学时，二姑父作为贫管会（全称贫下中农管理学校委员会）主任，常常到学校去，对同学们进行革命传统教育。他总是背着一个军用挎包——挎包早已洗得发白，但上面绣的一颗红五星，还隐约可见——语重心长地向大家讲话。

8

王羊倌儿谢世有些年头儿了，你也时常想起他。

王羊倌儿自然有名字，但他从小以放羊为业，职业便成了他最准确无误的称呼。只要一提"王羊倌儿"，一趟川的人都知道指的是他。可不，上下营子放羊的人多了，"张王李赵遍地刘"，放羊人中王姓肯定也不少，但他们谁也叫不响"王羊倌儿"，没有他的资历深不说，也没有他放得好啊。

放羊是技术活儿呢。论起放羊之道，王羊倌儿有手绝活儿，是其他羊倌儿根本学不来的。王羊倌儿放羊时从不咋咋呼呼地叫嚷，也几乎不用叉子打，而是打口哨儿，叫羊干什么，打声口哨就可以了。比如要"满天星"，就打一种悠闲的口哨；要"一条鞭"，则打一种欢快的口哨；发生紧急情况，遇到狼或者天气骤变时，只要王羊倌儿一声凄厉的口哨打出，羊立刻拼命往他身旁聚拢，保证一只也损失不了。

因了这一手绝活儿，王羊倌儿放一辈子羊，旧社会给地主放，新社会给集体放，直到老了，再也放不动；也因为放羊，王羊倌儿风里来雨里去一辈子，人是老寒腿的人，家是草苫房的家。一句话，王羊倌儿穷了一辈子。

穷到啥地步？有一回，王羊倌儿去喝喜酒，写的是一块五毛钱的喜礼。

那是上世纪七十年代后期，同村一户人家给儿子办喜事儿，预备。

所谓预备，是指东家做了充分准备，搞的酒席丰盛，收来宾的贺礼。那家人与王羊倌儿是实在亲戚，新郎是王羊倌儿的亲表侄——没说的，作为亲表叔的王羊倌儿，别无选择得前去贺喜。但在礼款上，王羊倌儿犯难了。

当时，贺礼款一般是两块，而王羊倌儿作为至亲，不能"一般"，五块左右比较合适。可，甭说五块，即使"一般"的两块，王羊倌儿也"一般"不出来呀。老两口翻箱倒柜，将家弄个底朝天，凑了又凑，数了又数，总共才一块五毛钱！

最后，百感交集的王羊倌儿索性以实为实，也没有出去借借，老着脸，就写了一块五毛钱，一个绝对不够一份的喜礼。那天，王羊倌儿醉了，五尺五的大老爷们儿，醉得乱吼乱叫涕泪横飞！

——假如只是这些，王羊倌儿是不会被你记住的。不就是穷嘛，要说呢，当时家家都穷，王羊倌儿家穷得厉害些而已。而贫穷，古今中外，在世俗的人间，都不是一个值得夸耀的词儿。

值得夸耀的是别看家穷，而王羊倌儿却供孩子念书。那是以大老粗为荣耀、盛行"知识无用论"的年代啊，"庄稼人的孩子，识那么多字儿，有啥用！识个眼面前的字，得了呗。"这话常挂在大人们嘴边。而王羊倌儿不，供完小学供初中，供完初中供高中，而且男女平等，不但供儿子，还供女儿。唉，连"一般"的礼款都拿不出的人家，却仍要供孩子念书，其艰难可想而知！但王羊倌儿迎难而供了。

其实，王羊倌儿何尝不知道，只要自己稍一松口，两个孩子马上就会回来，去生产队参加农业劳动。念书要想念好，是苦差使呢，不如当社员自在，"社员社员，连干带玩儿"。再说，儿子是小伙子女儿是大姑娘，成年劳动力了，想当然能挣整工。这样，不花钱而挣钱，"里外里半斗米"，家里的生活水平起码能达到"一般"，不至于如此困窘。但王羊倌儿咬牙坚持住了，并且一直没有松口。两个孩子也听话，一级一级地念了下去。

更何况对于书念多了念好了，到底有什么用，甚至用上用不上，王羊倌儿也同当时的国人一样茫然，但他认准一条最朴素不过的道理：识文断字总比睁眼瞎强。自己没文化，而儿女说什么也不能了。"穷读书，富练武。"想要儿女有出息，不再放羊，只有念书、念书、念书！

打倒"四人帮"后，高考恢复了，王羊倌儿一家也终于熬来了出头之日，虽说儿子高考失利，而女儿最终梦想成真，成为村子有史以来第一个大学生，从此改变了父辈触羊屁股为生的命运。

——因了此，你记住了王羊倌儿，记住了他的坚定他的坚决他的坚韧，记住了他贫苦中的抗争他煎熬中的顽强他卑微中的雄起。

9

生产队时，场院平时供你们上体育课，秋天则必须做场院了。场院大是挺大，可惜庄稼垛这一垛那一垛，趴趴搭搭，散散落落，既不高大又不拥挤，小孩们玩儿起藏猫来，倒是个不错的地场。不过，如果哪位唱起"我们坐在高高的谷堆旁边，听妈妈讲那过去的事情……"，你却只能苦笑着告诉人们：那是浪漫的歌子，与我们无关；与我们有关的是"以粮为纲"。

一般年景，队里打的粮食，十万斤上下。而生产队解散后，土地还是那么多，粮食却不再是那个数了。别人家一年打多少粮食，人家不说，你也不便询问，但弟弟家——自然他也不说，你也不问，不过，大致估估堆儿，三万来斤吧。其实，弟弟除了种庄稼，更多种植的是瓜果蔬菜杂粮杂豆什么的，它们得占去不少地块，耗去相当的人力、物力、财力。

也是，生产队时，同是扛着锄头去耪地，耪地的动作要领虽然一样是"前腿弓，后腿绷，抓住锄把不放松"，但给自家耪，扛的是大锄；给公家耪，扛的是小锄——那也叫锄？叫掏火扒还差不多！小，用起来省力嘛。至于因为小，耪的面积也小深度也浅，则没人理会了。这样仍觉得不够，时不时地，还留"阳沟"呢。磨磨洋工，故意落在邻垄的后面，让他先耪过去，整个垄背的土活泛了，自己在后面，随便划趟印，也算耪过去了。这样，即使队长在后面监工，看出来了却说不出什么来，只能睁一只眼闭一只眼，有用没用地，叹一口气。学好不好学，学坏一出溜，一个跟一个学，谁也不愿拉头锄（在前面领头耪地），怎么办？只好给拉头锄的奖赏一分工分；不是奖赏，应该说是"按劳付酬"，别人十分，拉头锄的十一分。

　　这算什么，比这有过之而无不及的多着呢。比如间苗，间苗是必不可少的农活之一，而且男女老少都干得了。间苗的原则，留高间矮，而有的人却反其道而行之。为什么竟然这样？答案很简单，一、留矮间高，猫腰的幅度小，省力气；二、根本的，间下来的草多些。庄稼是公家的，而草是自己的。间下来的苗草，猪羊、牲口什么的爱吃，细粮呢。——这不是糟践庄稼吗？管它呢！如果在自留地里，遇到一棵高苗，又不得不间去（挨着的，比它还高），人得赶紧找缺苗的地方，移植过去。一棵苗就是一个大穗头呢，得打多少粮食！

　　大锅饭啊大锅饭，大锅饭得农民不叫农民了！农民只有成为地主，才是地道的农民；农民越有土地，才越有出息。总之，不是地主的农民，不是好农民。

　　弟弟是地地道道的农民。只读了四年书，便辍学回家务农，当小羊倌儿，种地，外出打工……你高中、大学阶段的学费里，饱含着才十几岁远未成年还是个孩子但已经挣钱养活自己养活家人的弟弟的汗水。

　　父亲病逝后，由叔叔和舅舅主持，你们兄弟三人分家，弟弟背上三十元债务。外甥女学红不明白："我小老舅从小就干活，又没花啥钱，他咋还有饥荒？"

过日子——先别说奋斗了吧——人们习惯说：从零开始，而你弟弟从负数开始！贫寒的家境啊，苦命的弟弟啊。而弟弟不晓得正负数，只知道庄稼人嘛，谁家的日子，底子好也罢歹也罢，不都得一天天过！过日子，不怕败兴，就怕淡兴。

多亏了家庭联产承包责任制！弟弟勤劳致富，日子过得芝麻开花，这是最令你这个当哥哥欣慰的。——兄长兄长，不能白兄白长，但你这个兄长，除了"欣慰"，的确也没什么可兄可长的了，惭愧！

一介庄稼佬儿，除了过日子过好日子，似乎也不能再要求他什么了。

> 我们出生于贫困的农民家庭——永远不要鄙薄我们的出身，它给我们带来的好处将使我们一生受用不尽；但我们一定又要从我们出身的局限中解脱出来，从意识上彻底摒弃农民的狭隘性，追求更高的生活意义。

这是农民出身的，"像牛马一样劳动，像土地一样奉献"的大作家路遥，在《平凡的世界》里，借着少平给妹妹兰香的信，说出的心里话。"与吾心有戚戚焉"！但这话，你无法说给弟弟听，于理近乎不能，于情更是不忍。好在，你们都有孩子，你将这话的意思，灌输给晚辈听；尽管你与少平一样，明白：

> 要知道，对于我们这样出身农民家庭的人来说，要做到这一点是多么不容易啊！

为了表达对路遥的崇敬与热爱，你给儿子取名"遥"。

但你听妻子说，儿子嫌自己赤红脸不好看（王氏族人都赤红脸，遗传），要到医院做手术什么的。你听后，什么也没说，只是一脸的迷茫与悲苦。你是吃开口饭的，但面对自己的儿女，你无语了。

好在孩子毕竟还小，而人生路总得到中途，才能逐渐活明白过来，活出滋味活出人来，早年只能称其为准备过程。

<h1 style="text-align:center">10</h1>

你爷爷在"那边"说的是实话，只不过有些实话他没说。

你听老人说，爷爷具体是这样去世的：

1963年，爷爷病了。挨在炕上，呼隆、呼隆，嗓子一个劲儿地"拉风匣"。风匣①一个劲儿地呼隆，锅难受；嗓子一个劲儿地呼隆，人难受。

穷人，小疼小痛的，抗抗、养养（大人们的所谓"养养"，美其名曰矣；实际上，躺躺而已），挨过去便挨过去了；挨不过去呢，也只好认命，治病治不了命。

母亲的大爷来了。母亲三岁丧母后，有那么几年，母亲是半寄养在她大爷家的。大爷家，有她的爷爷奶奶、大爷大娘。她这时还有父亲，但父亲终归是父亲，尽管赶集时，偶尔地，父亲还给她买一根半根的麻花哩。母亲的大爷疼爱母亲，时不时地来家里。

老亲家来，你奶奶犯愁了：做点儿啥呢？五黄六月，青黄不接，瓦盆里正发酵着的棒子面，是最好的嚼裹儿了。"上园子割点儿韭菜，咱们给你大爷擦饹饹豆吃。"奶奶吩咐母亲。擦饹饹豆吃，省得熬菜了。——熬菜，熬什么呢？所谓"熬"，并非指烹调技艺中的"熬"，而是泛泛地指做菜。所谓做菜，在你们这儿，煎药一般，基本上先武火后文火"熬"便可以，用土话讲：咕嘟。也是，熟菜熟菜，熟了不就是菜吗？对啦，还要放盐的，"一把咸盐，五味俱全"。至于这样一

---

① 风匣：老式家用鼓风机。

来，委屈了蔬菜，它们得承受"煎熬"，实在也是没法子的事儿；大铁锅缺少油水滋润，动辄长锈，更是没法子的事儿了。

娘儿俩忙活着做饭，打卤子时，奶奶特地多放点儿猪油。平时熬菜，很少放油，甚至干脆不放油，切上一两个山药蛋，菜吃起来不像清水煮的，稍微黏糊点儿，不刺嘴能咽下去就行。哪知，过了六月的猪油一加温，烟子大，而因为夏天，没挂门帘，油烟子钻进里屋，呛得爷爷一口气没上来，老了。

一口薄皮杨木棺材，一身老棉袄老棉裤，五十六岁的爷爷见老先人去了。

你没见过爷爷，爷爷去世四年后你才出生。你只记得小时候玩儿，不知从哪儿掏弄出爷爷的药费单据，单据上有爷爷的名字；当时名字是怎么写的，你倒是忘记了。你记得的是，"呀，爷爷竟然还看过病！"不禁惊讶不已。

别看你爷爷，穷了一辈子，但多少年之后，营子里的人们一提起他来，仍往往模仿他的口气，说——

忘记是哪年，过年了，老娘子（母亲）说给我做条新裤子吧，孩子长这么大，一条新布丝也没上过身呢。老爷子（父亲）嘬半天牙花子，才上集给我扯上几尺白布，回来用煮青（一种染料）染成黑色，让老娘子给我缝条单裤。年三十儿那天穿上，把我美得呀，满营子跑。不冷啊？咋不冷！那前儿（那时候），冬天比现在还冷，嘎嘎的冷；可人皮实，扛冻。也不感冒？那前儿，啥叫感冒，没听说过。

夏天，我赶着牲口耪地，寻思反正没人看见，就把单裤脱下来，放在地头儿上——让庄稼少磨点儿是点儿的——光腚耪起来。真的光腚子，连裤衩儿都没有。碰巧大表嫂子薅草路过，看见我了，看见就看见呗，老嫂子小叔子的，哪有那么多避讳。她可好，成心逗我，大声喊："王xi珠，王xi珠！"我臊得赶紧蹲下来，她看我害臊，喊得声更大了，"王xi珠，王——xi——珠"，后来，大表嫂子看牲口没人管吃庄稼了，这家伙的才不跟我逗了。

模仿完毕，说的人、听的人全禁不住"哈哈"大笑起来，"这四老爷子，真逗。"可不，你爷爷人乐观着呢。夏天，如果这天想起来要赶个集，可天不凑巧下雨了，雨后也要去的，他才不管道好走不好走呢。其实，去也就是个去，凑个热闹散散心罢了。

哪怕只是一个孩子——

这年的大年夜里，闫国忠死了。

国忠是老闫家你七表叔的小儿子。国忠有病，什么病你不清楚，只记得他人瘦瘦的，特别是手，瘦得是真正地皮包骨头，瘦不忍睹。

七表叔还是让国忠上了学，他比你小，你高他一年级。因为有病，国忠课间不便活动；因为喜静，你不爱活动。国忠你俩在课间，时不时地凑到一起，躲在背风的小墙根下，一边说闲话，一边嗑瓜子。七表婶疼国忠，夏天晒倭瓜子，冬天炒熟了，让国忠上学带上。国忠嗑时，每每地给你些。国忠不习惯嗑，喜欢用手剥着吃——那双瘦手啊。课间，同学们大多屋里屋外跑个不停喊个不停闹个不停，而国忠只是呆呆地看个不停，你陪着。

国忠后来不读书了，既年幼又患病，国忠只能在家干待着。偶尔看见他，也是蔫蔫地，不大爱说话了，同你打声招呼，或者只是瞭一眼，然后慢慢地挪过去。小孩子天性是喜欢热闹的，快活的，国忠生活在小孩子的边缘。

十二岁这年，国忠病重了，几乎整天躺在炕上。表叔更沉默寡言了，表婶更满脸愁苦了。大年三十夜里，国忠汤水不进，处于深度昏迷之中。窗外是不断的鞭炮声和孩子们的吵闹声，炕上是表叔一家静静的等待，等待死神，等待冥冥中死神的降临。昏迷中的国忠，反反复复说一句话："我要活到十三岁，我要活到十三岁……十三岁……"表叔、表婶听了，起初以为孩子在说一般的胡话，随即惶恐不安，转尔又大惑不解，却又似乎有所醒悟，但都沉默着，轮流将国忠抱在怀里。

夜里十二点，三星打横梁，辞旧迎新的时刻到了，别人家放鞭炮，表叔也去放。刚放完鞭炮上屋，表婶怀里的国忠咽气了，毫无病态，满脸安详。

对国忠的夭折，你越来越不再痛苦，不再悲伤，充满你脑际的，竟然是这样三个字：活下去。你们要活下去，哪怕衣食艰难，哪怕病魔缠身，哪怕灾荒连年！

是的，活下去，有枝有叶地活下去，有声有色地活下去，有滋有味地活下去。

11

唠叨了这么多死这么多生，唠叨的都是"过日子的"生和死——你的乡亲们认为"过日子的"是正经人，人生在世就是"过日子"，而不"过日子"的，你不愿说。其实，不"过日子"的，或许……比如你老庆大爷，他的生他的死。

不知谁最早编了老庆的顺口溜，被一茬茬的孩子传诵。这天，见他背着粪篓子，嘴里唱着《东方红》，正向你们走来，大家一挤咕眼，齐声喊道：

> 老庆老庆真能蒙，
> 蒙完村西蒙村东，
> 蒙得人家地没葱。

"咋不说我'唬'呢？"老庆来气了，用粪叉子拾起一块土坷垃，朝你们打过来。当然，土坷垃总是落在你们身旁。噢，老庆让你们说他唬？反应快的小伙伴急喊："老庆虎……"你们明白过来，一边跑一边喊："老庆虎、老庆虎、老庆虎……老庆、老庆、老庆……虎、虎、虎……""虎"是骂人话，说人傻。

大人没绕过小孩，老庆丢了面子，一边干脆用手拾土坷垃，往你们身上打，自然同样一块也不打中，一边嘴里喋喋不休："小王八羔子们，没我，你爹能娶上你妈？没你妈，你从石头空儿里蹦出来？……"

你们一边跑，一边接着喊：

> 老庆老庆真能唬，
>
> 唬了公的唬了母，
>
> 唬得公母钻被筒，钻被——筒。

远远地，传来老庆哈哈哈的笑声。

别看老庆也是社员，但他不怎么参加队里的生产劳动，主要是走东家串西家，给人家保媒，他一到哪营子，哪营子的姑娘见了发慌，光棍儿发贱，做家长的发愁：拿啥伺候？虽然老庆说有葱蘸酱就行，但一点荤腥都没有可难行。当家长的，慢待了媒人，还想给丫头找个好婆家不？天下无媒不成双啊；更甭说，给儿子娶媳妇，哪能提家穷！吃顿饭喝盅酒的算什么，媒人家缺襟短袖的，敢不主动上前帮忙吗？这样，老庆凭一张嘴，糊住了全家六张嘴。老庆自然以此而自豪。他老婆子常年病歪歪的，却一连气儿给他生三个丫头，当然最后还有一个儿子。

不过，日子过得毕竟恓惶。你听老人说，老庆老婆子死的时候，他连帮忙出殡的人一顿饭也管不起，碍于风俗，又不能让人空肚子回去，只好烧一锅开水，帮忙的人喝个水饱回家了。可也是，老婆子已折磨得骨瘦如柴，又是一领炕席卷着抬走的。

除了保媒，老庆还有一项全营子只有他从事的副业，埋死小孩儿。那年月，缺医少药、缺吃少穿，营子里谁家没死过小孩儿，哪年不死小孩儿？死了，便找老庆埋。埋完后，老庆告诉孩子的母亲："他婶子

（嫂子），我挖的是深坑，狭歹、野狗的闻不着。"哀伤的母亲送他一碗米、两碗面，还有小孩儿的小红袄什么的了事。

老庆还有一个专差呢。营子有一大片树林子，一到秋天时，队上便派老庆看管。那时，家家都缺柴火，而树叶子是天然的好柴火呀。老庆一直守到树叶子掉光了，队上才按人口划片儿分给各家各户。多年来，一直是老庆干这差事：一、他干这差事最合适；二、这个差事不累又记工，他乐意干。

老庆是乐天派，黑下过得怎么样，吃没吃饭、吃啥饭，没人理会；反正白天时，营子人一听"东方红，太阳升……"，甭说，一准是老庆背着粪篓子过来了。老庆不愧是红媒家，吃张口饭的，贼（特别）能哨，只要你有工夫，就听他嘴吧吧吧哨吧，你根本插不上嘴。老庆是上知天文下知地理远知南朝近知北国，通才一个。把大人哨得呀，倚仗有耳朵挡着，否则，回回非得有几个人的嘴巴子咧到后脑勺。光哨大人不算，老庆还好逗弄小孩儿，兴致上来，他弯下高大的身躯，用乱蓬蓬的络腮胡子亲小孩儿，把小孩儿亲得又笑又哭！

有一年，老庆埋了仨小孩后，你们再同他闹，喊顺口溜，他有法儿了，吓唬道："阎王爷今年喜欢小孩儿，年前还得再收一个。闹吧，下一个就是你。"可不，死三个了，还缺一个才凑够双数呢。大人说陪房营子是双鬼庙，鬼年年成对儿到那儿报到。吓唬几回，奏效了——人，谁不怕死！你还别说，大年二十九那天晚上，到了儿有个小孩（即前文所说的国忠）没占住（夭折）。营子里的习俗，这时候死人不发丧，初二发。初二一早，仍然是老庆来帮忙。他不停地大口大口抽烟，自言自语："都怪我这臭嘴，都怪我这臭嘴……"可不，生怨老庆造谣！小孩的母亲反过来劝他："大哥，可别这么说，人生死由命，孩子就这么大寿数，是他爸我俩这辈子该他的，要账来了，要完账就……"老庆叹口气："是儿不死，是亲不散。"

按说，此时无产阶级文化大革命呢，破除迷信，老庆的话明显是反动谣言，应该立即追谣打反。但是，像老庆这号人，魔魔怔怔，人不人鬼不鬼，咋管？村里的老牛不能耕地了，得杀，队长找老庆动手，作为报酬，牛头归他，大家伙分完份子后，粘在刀和板上的零碎也归他。在大人们眼里，杀老牛伤天的，但老庆活得没前没后，不管这些。

　　文化大革命中有一年，冬天吧，村里的造反派头子被炮崩死了。头子死去不两天，老庆得病撂倒在炕上，病倒没啥大病，摊上这乏子①而已，但没钱治，挺大劲儿，厉害了。儿子和儿媳指望不上，一提起自己的儿媳，老庆就摆乎手："打了一辈子雁，哪承想让雁叨瞎了眼。"好在三个丫头孝敬老爹，拨钱买药。老庆病好后，仍然背着粪篓子满大街逛。大人们看见他，同他开玩笑："有些日子没见你，寻思你给谁做伴儿去了呢。"老庆一想，猛然间来了后怕，可不是，眼见到年底了，全营子才只死头子一个人儿，如果不抓紧治，还真不好说呢。但老庆嘴硬，才不说软话儿呢。眼珠子一转，他吹起来："我戴庆就要改改阎王爷订的规程，从今往后，陪房营子不是双鬼庙了。"你还别说，这年还真就死头子一人。哈哈，老庆将鬼道改变了，真牛哎。

　　打倒"四人帮"后的第三年春天，河解冻了，水又哗哗哗流起来。山上的雪也融化了，山上响起叮叮当当的锤声。以前，山上的石头就是石头，但现在，可以是钱，硬扎扎的人民币了！一有钱，人们过日子的心劲也叮叮当当起来。但这时，老庆死了。

　　营子里有户人家，儿媳妇死了。得给儿子再说呀，可，谁愿意做填房？不过，在老庆和另一个伙计的努力下，说中了，还是个姑娘。也是，那户人家是一等一的过日子人家。结婚那天，两个媒人全喝高了。知道他们岁数大了，不抗酒，东家没敢实着儿让酒；但两人太高兴了，没人陪，竟然脚蹬脚对着喝起来，这样喝酒，焉能不醉？老庆是让人搀扶回去的。第二天，老庆醉死了。"唉，喝了一辈子酒，临期

_____

① 乏子：流行性感冒。

末了也死在酒上。"大人叹息道。

嘿，谁能想到，老庆早已用私房钱将自己的后事料理好，不但棺材早已打好，连寿衣也不知是什么时候找人做好，放在小箱里了。寿衣还是全套的呢，棉袍、棉衣，"蹬天梯"鞋、"鸡鸣枕"，等等，应有尽有。老庆的同族兄弟从他的腰带子上解下钥匙，打开小箱，突然看到寿衣后，"大哥，你就差自个儿走到坟里去了！"兄弟止不住眼泪了，老庆的三个丫头更是大放悲声！

老婆子的后事办得太惨，老庆吸取教训，提前给自己办理好了——大人们这样推测。

只是有一件事儿，老庆没有预料到，也不是他应该料理的。编五谷囤时，帮忙人在老庆家四处寻找，没有找到谷秸。唉，年前没收谷子，哪来的谷秸？帮忙人只好找一棵棒子秸，泡软，将就着编上。装五谷囤儿时，又做瘪子①了！在老庆家里，帮忙人只找到高粱和棒子粒儿，别的再也找不到了。——棒子还不在"五谷"之列！咋也不能到了阴间，还继续吃高粱吧，那让老先人们也笑话啊。老庆兄弟急了，他是队长，找来老保管，让老保管到队上的圆仓里找找。老保管拿着笤帚，猫腰撅腚打扫好几个圆仓，终于凑够了种类。

下水罐和油灯倒是没做瘪子。最后，老庆总算能"头顶五谷粮，脚踏羊肠水"了。丧葬的风俗里，人死后，脚得对着河的。

老庆要上路了，另一个媒人在棺材头前，盘腿大坐，拍一下大腿，哭一声："老伙计哎——"拍一下大腿，哭一声："老伙计哎——"

"这老家伙，到了阴间，准满大街跟老先人们嚷吵，'怕这儿没酒，我是喝好才来的，喝好才来的'。"站在门口，端着一小笸箩荞面饼的帮忙人，一边分饼一边唠叨。据说吃了荞面饼不牙疼。

队长让人往门口抱柴火，看小柴火垛下去一大截，才不再让人抱。

———————————

① 瘪子：遇到困难。

然后队长把他大哥的破衣烂衫，还有那只小箱子，都扔到大堆上，一把火点着了。举重①的人回来时，火烧得正旺，队长又让他们把杠子举到火上，翻过来倒过去地燎，直到火势不再凶猛，落下一堆灰烬，才不再燎了。

夜里刮起了风，风将街道扫得干干净净的，灰烬被扫到爪哇国去了吧，但火烧过的痕迹还印在地上，像是一个大疤瘌。

——多少年来，关于老庆的一生，你基本是这样回忆的。而现在，"你说的'疤瘌'是——"你刚复制到这儿，忽然，身边传来了说话声。"谁？"你惊悚起来，四下撒目，却不见任何身影，心里更加惊悚，却又无奈，只好任凭声音闯进来，"是伤疤还是癞疮，啊？""是……是……'伤疤'，也许……"你支吾起来，不知如何回答……惶急中，你居然反问道："老庆大爷，你不扔土坷垃打我吧？"

"唉……"声音叹息着，离开了。

---

① 举重：出殡时抬棺材。

第六章　乡愁无解

1

无名河畔，北京，鲁迅文学院，2012年夏。

没看见太阳，北京倒也亮了，而且几乎天天地，绝少例外。路上有清洁工，有老人和狗，开始生产的生产、生活的生活了嘛。这里的"亮"自然应该是"天"亮，与人工制造的灯光无关。

"天"完整地表达，称"天空"。天空在哪里？天上呗。这下，问题来了。北京的天上哪还有天？东仰仰西视视，南瞭瞭北望望，把眼睛都累酸了，把皱纹都挤得成皱沟，但除了灰蒙蒙的不知该叫什么的东西，还是灰蒙蒙的不知该叫什么的东西，没天呀。天应该是"空"的，而这"灰蒙蒙的""东西"，尽管"不知该叫什么"，但不是空的，而是实的——铅一般，却绝对不是铅——任你是谁，肯定能看出来的。——至于"瞪着眼珠子说瞎话"的，另当别论。

或许瞅的方向不对，瞅的不是"天上"？不对呀，在北京，东南西北你分不清，但上下左右，抬头是上，低头是下，你还是清楚的呀。没错，是天上。那，北京的"天空"，应该改叫"天灰"？"橘生淮南则为橘，生于淮北则为枳"。

你不是顽固透顶的家伙，非得看见"蓝蓝的天上白云飘"才叫"天空"——那是古代的古雅的天空，时代变化了，异化了，"古代"早已远去，"古雅"也渐成梦想。——而如此的灰蒙蒙，却仍要叫"天空"，实在让你为难。你呢，也为北京难过。北京呀，你改什么不好，怎么偏偏改了"天空"！

"我爱北京天安门，天安门上太阳升……"不知道别人如何，于你，的确是唱着这支歌长大的；准确地说，现在，已经正在长老。你对北京的感情，越来越深地爱着呢。最初爱的时候，你以为太阳真的升起在天安门上，而不是升起于你家东面的山梁上。后来才知道这是懵懂无知，但即使在后来，你越来越有知，仍对"天安门上太阳升"，不持反对意见。它在你，早已演绎为一种人生的经验，而不是纯粹的知识。天安门你是敬奉在心上的，不敢有一丝一毫的亵渎。

不说"天安门"了，它太庄严，你薄浅的文字，与之不相配；说"太阳"。为甚？谈天空而不谈太阳，岂不是言之无物？

北京呀，你惭愧吧。——惭愧何在？那天上悬挂着的，不是太阳，难道是UFO不成？但，圆不圆方不方，半拉糊片，忧忧郁郁的，火势不旺的一小堆儿篝火似的，如果在你们那儿，谁要叫它太阳，只能认为他有病，疯了。就这，还"寻常看不见，偶尔露峥嵘"！——北京，你怎不惭愧！

——你忍不住了。是啊，北京，何尝不晓得，她的东西南北，她的上下左右，光荣的地儿多了，够你一辈子看的。——相信你和你们，必将世世代代看下去。那，非得盯着天"上"干吗，看地"上"啊，地"上"哪儿不养眼？唉，不是你眼里揉不进沙子，是——女儿对她的母亲说："妈，您照镜子看看，脸上蹭了啥？"

北京，你搬家吧。你不是一座普通的城市，而是我们国家的首都。九百六十万平方公里的国土，全归你管辖，哪儿好搬哪儿去，不就是一个选择的事儿嘛。那，你搬到我们那儿去，行不？我的家乡，地儿荒凉不繁华，但天至少是蓝的，云仍然是白的，太阳也像模像样。搬家？谈何容易！要不这样，把咱们两地儿的天空换一换，你的割给我，我的割给你？这不是"忍痛割爱"吗？没那么严重；如果非得这么称赞我，倒也无可厚非。套用医学术语，叫植皮手术吧。

女娲，专营补天的老祖先啊，您在哪里？您忍心咱们首都的天空，"如此的灰蒙蒙"吗？

——你忍无可忍了，却又为何如此的悲凉？

你来北京，是来学习的。学习一段时间，文武之道一张一弛，换个方式，搞搞社会实践。头站是爨底下村。村人全姓韩，相传是明代由山西洪洞县大槐树下移民而来，原村址在村西北老坟处，后因山洪暴发，将整个村庄摧毁。只有一对青年男女，外出幸免于难。为延续韩姓后代，二人以推磨为媒而成婚，并在现址立村。爨底下村这个"爨"字，在这里的含义为"灶"。主人取名"爨底下"，意为：躲避严寒，避难。婚后生三子，三子分三门。始以福字为第一辈序排二十辈，至今已发展到十七辈，茂字辈。——据说，北京就是这样成为北京的。

哎，这个"相传"听起来怎么这么耳熟？我的先人不也……你情不自禁这样联想。

在潭柘寺，你碰到一副对联，下联忘记了，上联是：五谷丰登一生平安。这个太令你惊喜了，作为根正苗红的农民后代，你焉能不懂得，"五谷丰登"，是你们世代生活的梦想！更甭说"一生平安"，绝对是任何一个世人，都毫无例外的祈望啊。噢，原来，玄妙虚空的宗教，竟然与俗世的幸福追求是相通的！

潭柘寺建了毁毁了建，而今仍庄严地矗立在那儿，你似乎有些明白了；随之，对今天的北京，历经沧桑，却越来越繁荣，也有些明白了。北京城就是这样——梦想"五谷丰登"，祈望"一生平安"——建起来，也是这样一路过来的吧。而这与你的家乡有何两样呢？北京在你的眼里，庄严、雄伟不再，泥土一般朴素起来，庄稼一般亲切起来。

是的，一样。你甚至兴奋地哼唱起《故乡是北京》："走遍了南北西东，也到过了许多古城，静静地想一想，我还是最爱我的北京……"尽管羊肠河流域没有"天坛的明月，北海的风，卢沟桥的狮子，潭柘寺的松"，但唱着唱着，你却还是戛然而止，不再"甜丝丝，脆生生"，呜呼。

　　陪房营子东西两面的山上，长满山杨树。树是上个世纪六十年代栽种的，总是因为条件恶劣吧，三十年过去，粗的是卧着的鸡蛋粗，细的是立着的鸡蛋细；高的和大人一般高，矮的和小孩一般高。人们苦笑着称它们"小老树"。夏季，杨树看似枝繁叶茂，但人穿行其间，也只能勉强觉得些微凉意；冬天更甭提了，山风呜呜叫，干枝秃叶的杨树被风刮得呀，根都要拔出来，快不行了似的，让人顿生恻隐之心。恻隐之后，勤俭的人家拾些枯枝败叶，回家烧火。"小老树"直接贡献给人们的，一把柴火而已。

　　但，可别小瞧这些"小老树"，正是因了它们，三十年来陪房营子山是青山水是绿水。夏天，山铺上绿毯似的，满是幽幽的青草和谁也叫不全名儿、各式各样的花儿。小河虽说细小而弯曲，但一年四季水流淙淙。人们在青山绿水间，生活得简单并快乐着，原始共产主义社会似的。

　　八十年代末、九十年代初开始，人们开始对土地进行破坏性经营，毁林开荒。可怜的"小老树"啊，三斧两斧一棵，两斧三斧又一棵，一行行、一片片地倒下去，林地种上了庄稼。开始两年，还真不错，一到秋天，满山翻滚的哪是庄稼，分明是金灿灿的钞票！哪承想，过了不几年，一到春天，嗬，沙尘暴来了，遮天蔽日，将熟土一层一层揭开、刮走。再想种？勉强种上，庄稼也不长了：熟土是庄稼的娘。夏天呢，大暴雨又来了，你看吧，山不是原来的山，沟壑纵横，面目狰狞；水不是原来的水，泥沙俱下，泛滥成灾。庄稼呢？爪哇国去了。

仅仅十几年不到二十年，也就是一个人从小到大这么些年过去，陪房营子已经沧海桑田！人站在高处，放眼望去，一望无际的蛮荒——山变成了童山，河就落下了河床——正从四面八方包抄过来。这些年来，人们不再单纯以种植为业，生活内容丰富了许多，水平也大有提高，房舍建得一家比一家漂亮。可在蛮荒的背景下，营子显得是那么弱小，不堪一击！

　　只有仔细地瞭望了，还能望见偶尔的一两棵做标志用的"小老树"，出土文物似的，高贵地孤独着。

　　——还有的就落下那天空了，天好在常常还是空的，还是蓝的。

2

　　陪房营子自然也"与时俱进"，在时代前行的匆匆步伐里，闪动着他的身影，但仔细打量，身影越来越萎缩，从外到里地萎缩，从皮肉到骨髓地萎缩，步伐不再那么矫健，身材不再那么魁梧。而城市越来越膨胀起来。何尝不知道，这同样是大势所趋，理智上你知道这是必然，情感上却不免痛苦，纠结到一起，令人忧伤。

　　人生于世，有一种无奈叫膨胀，有一种忧伤叫萎缩。

　　世界这么大，陪房营子这么小，一个两个营子的衰败，甚而至于称沦陷什么的，算不得什么。或许，有人要这样说。这是怎么说的？混账话嘛。你不是一个坚决的狭隘故乡主义者，但衰败和沦陷落到陪房营子头上时，你的心还是忍不住了。

　　是的，都市是繁华的——世人喜欢繁华，而乡村是凋敝的。越来越多的陪房营子人，为都市增添繁华去了。以至于一个三十多岁的年轻人，因病去世后，为他举重的，竟然是些五六十岁的半大老头儿，白发送黑发。早逝已是不幸，送葬又是如此无奈，陪房营子的"萎缩"，居然到如此的地步了！

平常素日，营子里的人，除了老的便是小的。老的，五十岁以上；小的，五岁以下。五十岁以上的，老板不雇用了；五岁以下的，还没上幼儿园。人家看似很多，房屋也像模像样，但掰手指头数数，平均一下，呀，常住人口数，一家连两口都要达不到了！越来越多的人家，常年有家无人了；越来越多的人家，炊烟看不见升起了。人家人家，有人才成家；人间烟火人间烟火，有烟火才是人间。

只有到过年时，少年、青年、中年，求学的、求业的、求财的，凡是与陪房营子有血脉渊源的，才纷纷回来。先前是大包小裹的，现在是大车小辆的。一时间，车水马龙，热闹非凡，状似繁荣。但一过十五，营子又顿时复归常态，继续"萎缩"。

乡村离人们渐行渐远，在时代摧枯拉朽的攻势下，乡村正在土崩瓦解。乡村如此，乡亲们呢？

三十年来，你哥的足迹，踏遍大江南北、黄河上下，但他的身份只有一个：农民工。是的，正如你所说——

朋友，你很可能不认识我哥，没关系，你走在大街上，只要碰到相貌上，黄里透着黑，黑里透着红；言谈举止上，土模土样，土话连篇，土里土气，土腥味儿十足……这样的人——这个不难遇到，只要你居住的城市，有脏活、累活、苦活，所有城里人不愿意从事的活儿——说不定他就是我哥；不是我哥，也是我们的哥们儿；不是我们的哥们儿，至少也是羊肠河川的乡亲……

本来，"鸟去鸟来山色里，人歌人笑水声中"，一代复一代的乡亲们，匍匐在土地上，"人吃土一世，土吃人一口"，"人吃土欢天喜地，土吃人叫苦连天"，生着死着。而现在，越来越多的庄稼人，跻身于钢筋水泥的城市，"农民工"起来了。据撰写高头讲章的专家们称，这应该是必然，但这"必然"，包含着多少悲苦多少失落多少无奈！他们的生命是卑微的，生存是坚忍的，生活是困窘的。——庄稼人不再叫"庄稼人"，而称"农民工"，脚踏两头船，能走多远，又走向何方？至于农民也应该同样叫作"国民"，更只在理论的范畴了。

节日的夜晚，城市的十字路口处，你不时地看见——

一对男女，年龄说不好，二十来岁到四十来岁之间吧，有时还有孩子，跪在那里。面前是一堆烧纸，烧纸着起来，蹿起火苗。火光里，人一边拨拉着烧纸，一边喊，男一声女一声，高一声低一声：

爹，我们给你寄钱来啦。

爷爷，我们给你寄钱来啦。

娘，我们给你送钱来啦。

奶奶，我们给你送钱来啦。

爹、娘，你们别舍不得花呀。

爷爷、奶奶，你们别舍不得花呀。

……

空荡荡的夜空下，火光萧瑟，一股风刮来，火光只挣扎一二下，纸灰已随风飘散；人影飘忽，随即淹没在城市的人流中；只有喊声，在那哪怕是喧嚣的街头，仍在久久地盘旋着……

你的表弟出家了。

表弟曾是一名优秀的军人、一名体制内的矿工、一名敢闯天下的商人，但奋斗来奋斗去，他奋斗进了空门。而空门不空，在晨钟暮鼓中"唵嘛呢叭咪吽"不已的表弟，骨子里依然是个民，农民，农民工，肉体上衣食无忧而精神上饥寒交迫的农民工。别看他皈依了佛门，身穿袈裟，身宽体胖，六根清净，绝对觉悟的样子了，而在他的内心深处藏着多少前世的痛苦与哀愁，没人理会了。

而"必然"不管这些，也管不了这些，只能看着，眼睁睁地看着。

在上个世纪五十年代至七十年代，长达三十来年的岁月里，许多有才华的人士，由于历史的错误，曾与"三农"接触。但是，他们关注的不外乎一己的悲欢离合，就事论事的思考，绝少这样的思考：农民也是我的"同胞"，农村也是我的"国土"，农业也是我的"主业"；顶多感慨一番：农村真落后，农业真危险，农民真可怜。还不是因为他们，潜意识里：我不是农民，我不住在农村，我不以农业为业。

是的，接触接触而已，极少有谁超越个人的命运，达观而顺变，从此同"三农"苦乐与共，为改变其命运而思考并抗争。

在一篇读书札记中，你这样写道。——这也是"必然"吗？非得说是，人本身的"必然"？无语。

你还记得小时候，冬季太阳光充足的天儿里，经常地看见一两位老大爷，在避风的土坎子下，蹲着或者干脆躺在那里，眯缝着眼睛晒太阳，也不抽烟了，也不说话了，舒展开胳膊腿儿，在阳光下仔细地晾晒，直到浑身上下暖意洋洋，五脏六腑舒舒服服的了，才伸下懒腰坐起来，抽上一袋烟，然后站起身来，随便地拍拍身上的土，背着手向家里走去。乡亲们称其为：晒阳阳。见你走过来，老大爷说啥也要招呼住你，说上一会子话儿。其实，说也没啥说的，无非是重复，"小儿哎，四老爷子活着时，最好这口啦，一晒就是小半天，有两回还睡着了。"你爷爷行四。年轻人也晒阳阳的，同时总还要加个花样，找一堵墙，一帮人倚在避风的墙根下，手抄在袄袖里，一边晒太阳一边说笑一边挤油儿玩儿，你挤我一下我挤你一下。——这在今天，置换成新语词，毫无疑问是"日光浴"，高级消费哩。

你记得表弟在小时候，不、他的前世？与你们绝无两样，标准的羊肠河川版的少年闰土，说着笑着，哭着闹着，打着玩着……红尘滚滚着呢。

但，这、这……唉，为什么总是极端呢，非此即彼？

或许眼睛、耳朵欺骗了自己？毕竟多年人在外地，关于家乡关于乡亲，自己只能看一看、听一听，而筷子放在水碗里，在眼睛看来是弯的了；声音传到重听的耳朵里，话儿要"打岔"的了。但你比谁都清楚，家乡没在水碗里，你的耳朵好着呢。或许"子非鱼，焉知鱼之乐"？是的，鞋子合适不合适，只有脚知道；你多么想"子非鱼"，可"子"又焉能"非鱼"！

那，到底想要家乡怎样、乡亲怎样？难道没有第三条道路可以选择？若有，它在哪里？

不管家乡不管乡亲了吧，管自己。你的表弟在那儿双手合十着，啊！但愿花枝春满天心月圆，阿弥陀佛。

时光荏苒，不知不觉，你已经年近半百，回首往昔，许许多多已是旧梦前尘，随风飘散了，但还是有一些，没有飘散也飘不散，它们沉淀在了你生命的最深处。

城市的户口簿上，你的名字早已存在。三十年来，在大大小小的城镇，乌丹、赤峰、通辽、呼和浩特、北京……你学习、工作、生活，今后，恐怕也要一直地，以一个市井之民的身份，在城镇里居住下去，身边是钢筋水泥，脚下是柏油马路，仰头望不见全天，抬脚踩不着实地。特别在乌丹，你已经生活二十多年。

乌丹镇是座县城，是旗政府所在地。尽管只是座县城，或者说只是一座镇子吧，较之北上广等大都市，辈分上勉强算孙子辈儿，但在心态上，那个嚣张劲儿，绝对比北上广有过之而无不及！得六十分的人，与得一百分的人站在一起，对得五十九分的人说，我们及格了，你呀不及格。爷爷是心胸宽广的，孙子是趾高气扬的。

在别人眼里，你是学而优则城，才来到了城里。是的，你挣脱出来了。你本来是一只羊，食草为生，你的行踪在山坡上。歌中唱道："蓝蓝的天空上飘着那白云，白云的下面盖着雪白的羊群，羊群好像是斑斑的白银，撒在草原上多么爱煞人。"唱的正是你的理想，而你却来到了城市。在城市的入口处，你这只迷途的羔羊，徊徨不已，找不到自己的道路。既找不到出路，更找不到回路。

按理说，你在乡下的日子，十几年的时光而已，再去掉襁褓中根本懵懂无知的岁月，则显得更少了，与后来的岁月在数量上相比，实在是小巫见大巫。但人生绝对不是一道数学题，不能这样加减乘除。可不，你在城里这么多年，从音容笑貌看，从言谈举止看，已和城里人相差无几，甚至可以鱼目混珠矣。只是，与生俱来的土腥味儿，你是褪不掉了。这些年来，因为环境，为了生存，你有意无意地褪过，但没有成功。

你过的是两面派生活，表面上是市民，骨子里是村民。你心深深处，中有千千结！

"To be or not to be, that is the question." 隔着渺渺茫茫的岁月，隔着遥遥远远的山水，哈姆雷特的千古疑问，居然穿越过来了，穿越到你生命的深处，由悲怆演绎成忧伤。知道不，你犯下原罪了，而原罪是与生俱来的，是无可摆脱的。

至于寂寞与乡愁，是你写作的动力，也是你写作的结果，则更无须你解释了。

你还记得小时候，你二奶奶和老鲍婆儿"对话"的情形吗？

老鲍婆儿是你小老舅的姑奶奶，婆家在你二奶奶娘家那营子。你的娘家我的婆家，我的婆家你的娘家，老姐妹呢。每当老鲍婆儿回娘家，你二奶奶总要去看望。常常是两个老人刚端坐在炕上，便开始"会谈"起来。你们小孩儿，在地下一边玩儿一边听。"会谈"肯定是在"热烈而友好的气氛中进行"，两位老人不时地大笑起来，你二奶奶的牙早掉光了，老鲍婆儿的牙也没剩几颗，但不影响笑，笑得还灿烂呢，而且"会谈"确实是"就双方共同感兴趣的方面展开"。可你们带听不听的，仍然觉得不对劲，再一着耳细听，原来两位老人是在你说东我说西啊。你二奶奶从小失聪，老鲍婆儿是老年性耳聋。你们大声地向两位老人做出说明，她们听明白了后，一怔，随即你拍我的膝盖我拍你的膝盖，笑得更灿烂了，你们也跟着灿烂起来。

现在，你不"灿烂"了。噢，所谓"对话"所谓"会谈"，其实无一例外是在自说自话。——那，何不自己灿自己的烂呢，尽管这烂是酸涩的。

3

油条早已不在话下了，不就是大果子嘛，不就是早点嘛，想吃，买来就是了，尽管哪怕买的是刚刚出锅的，吃着也总感觉有些发皮，豆浆也有些发硬。有时妻子自己动手炸，你吃起来感觉略好。妻子的厨艺不错，还曾开过小吃部哩。妻子早已下岗，但居家过日子，焉有下岗之说。

吃完，没等饱嗝打出来，你人已走出家门，上班去了。上班，你一般走着去，学校离家不远，时间又宽绰，能走着就走着呗，不耽误签到就行。道上越来越车水马龙了，不时有同事开私家车从你身边经过。如果他们看见你，又把车停下来，你便也坐上；如果没看见，没把车停下来，你便仍一边接着走你的人行道，一边哼唱着只有你明白的曲调。对身边来来往往的车辆，你往往是视而不见听而不闻的，尽管车身锃亮车声刺耳。

也是，自从进得城来，你的身体状况岂止不再健康，简直越来越糟糕，不锻炼锻炼要垮下去呢。

吃上，你最爱吃豆腐。而提起豆腐，怎么说好呢——

在陪房营子，人们传统的食物之一是豆腐。一般以黄豆做原料，做一锅豆腐，用料六七斤。做的程序呢，简单极了，将黄豆用水浸泡；泡好，磨成糊状，倒入滚开的水中搅拌；均匀了，接着锅，倒入专用豆腐包中，在箅子上挤压。压出的汁，你们叫豆腐脂子。这几步都是粗活，没有技术可言，讲究功夫的在后面。

脂子挤压完毕，烧开。注意，脂子容易溢锅，将沸腾时得秒秒观察。沸腾了，师傅大多习惯舀出两碗，你们叫它豆腐浆儿，加上糖，给老人和孩子喝。自己呢，图痛快，不加糖，直接便咕咚下它两碗。师傅一边喝，一边点，点的即是做豆腐必不可少的卤水。你不明白乡亲们为什么叫那个动作为"点"，所谓点，即将卤块放入小勺中，手执小勺，在浆水里游动，取蜻蜓点水之意？这是一个细致活儿，万万不可心急。俗话说，心急吃不得热豆腐，心急也做不得热豆腐哩。水渐渐地澄清，豆腐渐渐地成形。刚刚喝完豆腐浆儿的孩子，馋得不行，急不可待，又要吃刚成形的豆腐——你们叫豆腐脑儿。它松软滑润，入口即化，可独立成为一种美食。待豆腐脑儿一团一团地凝聚起来，师傅便捞出来，放进包里，搅拌均匀，最后，整形包好放在案板上。好啦，大功告成，谁要吃嫩点的，用轻家什压一会儿；要吃老点的，用重家什压一会儿呗。

说时迟那时快。谁要吃豆腐，一天的工夫，黄豆粒便成白豆腐，这是在早先；现在呀，完全机器加工，个把小时就足够了。急于吃现成，你的家乡满大街都是卖豆腐的，"都——发，都发!"（谐音谐得多好）的叫卖声不绝于途不绝于耳，买来就是了。

豆腐白格莹莹，好看；齐格整整，好用；软格道道，好吃；热热乎乎，好受。一种食品，用料普通，却能达到如此效果，真得感谢柴火、铁锅、开水、布包啊。其中，最该感谢卤水了。

陪房营子的酒席宴上，是离不开豆腐的。白事讲究孝，白为孝，啥白？豆腐白。红事讲究红，可哪儿有那么多红（肉），红（肉）覆面白（豆腐）垫底，有麸子有面子。倘若只是平常家宴，老人古语讲得好：亲朋好友，豆腐老酒。你不知道别人怎样评价这句话，反正在你，它正确极了。甭说豆腐，连做豆腐的下脚料——豆腐渣，在你们也是一道菜呢，放少许的油盐，加葱花一炒，香，就是香。

这些年来，你吃的菜种类越来越多，可食欲呈反比，越来越下降。每当你觉得口淡时，要改善一下，首先想到的，别无选择，就是豆腐。怪不得有人说，人的食嗦在他的幼年就定了下来，终生不变。

——更甭说父母家园，人更无法选择了。

有豆子和卤水的地方，就有豆腐这种制品吧？豆子是最常种植的农作物之一。卤水凡是老墙根处都有，扫半簸箕土熬出来就是了；何况现在，它早已是非常容易制造的工业产品。那么，还有什么可说的，做豆腐吧。——自己不做呢，买就是了，豆腐物美价廉。

可又有谁知道呢——

家里人熟悉你爱吃豆腐，便不断地买来做给你吃。可你吃起来，总感觉不对味儿。是手艺不行？不对呀，你的妻子尽管不是职业厨师，可做一般的菜还是可以的。饺子好吃，但要人顿顿吃，也吃腻歪了，香也吃不出香来了。换个做法吧，那好，上顿炒着吃来，这回炖上。可吃来吃去，照样不对味儿！总是自己家做得不好，上饭店，别的不点先点豆腐，谁知吃上一口，仍然不对味儿！

噢，是这家卖的豆腐不好，再换一家。这些年来，你吃遍了全乌丹的豆腐，也几乎吃遍了你所到之地的豆腐，街上推车卖的，市场出摊卖的，超市摆放卖的；路上碰见便买的，特意订购的；没品牌的，"豆花香"的。可结果……

家里的生活水平越来越高，可你却连一口对味儿的豆腐也吃不到了！豆腐啊豆腐，你真的是在一代伟人"永别了，美丽的世界！……告别了，这世界的一切！"时，仍念念不忘的"中国的豆腐也是很好吃的东西，世界第一"？

越来越多的时候，你索性也想——

营子里有一老婆儿，是你的本家姑姑，因夫家姓刘，你们做侄子的，叫她"老刘姑"。老刘姑在世的时候，常常自豪地对人说："你看我，这边是婆家那边是娘家，我生是陪房营子人死是陪房营子鬼。"老刘姑倒是吃了一辈子陪房营子的豆腐。

不——

一想起老刘姑，你马上在心里对自己喊道，随即自言自语：这是两码事儿，两码事儿。老辈子，营子里的马啦驴的，还下过哈达街（赤峰）呢。

不知是哪朝哪代哪个家伙，这样总结你的乡亲们，"生活在炕头，劳动在地头，最远到村头，最终到坟头"，一生四个"头"而已。

你的书房朴素得很，几乎可以说简陋，除了满眼的书，还有必不可少的桌椅笔墨，别无长物。但是人们稍加细心，便会发现有两副针扎儿，悬挂在墙上。针扎儿一副葫芦形，一副荷花状，颜色都很鲜艳，红是红绿是绿。它们是你的二奶奶在八十多岁高龄时，一针一线缝制的。

针扎儿绝迹了吧？反正，你没看见谁家的针线笸箩里有它，更没看见哪个女性的胸前还系着它，甚至在表现古代的文艺作品里，你也没见过它们美丽的影子。

问现在的年轻人，针扎儿是什么，恐怕百分之百一脸茫然了。

针扎儿作为一种手工艺品，一般用布料缝制而成，里面填上线麻或者棉花，用来装针。它的功夫表现在形状和针绣上。形状同窗花一样，可以随巧手制作出各式各样的心中彩儿来；针绣就更讲究女红了，需用五彩丝线，在掌心一般大小的天地里，飞针走线刺花绣鸟。

你的二奶奶不但高寿，而且还是做针扎儿的高手。在她年老时，做了不知多少副针扎儿，分送给侄男甥女孙男嫡女做念想。作为老人最疼爱的孙男之一，你得到两副。你把它们郑重地挂在桌前，让它们陪伴着你读书，写字。你爱读古代的书，爱发高古的情思，爱写古雅的文字……

——在当代，还有多少人"古"呢？悬挂在那里的两副针扎儿，看上去是那么的孤零零。

　　不，有那么多的作者陪伴着抚慰着，不孤零零啊。不管作者肉身是否生活在"古"里，书中的作者总是"古"的多。虽然肉身的他们多是陌生的，没有来往，但在书上，孔子也好鲁迅也罢，司马迁也好斯塔夫里阿诺斯也罢，他们基本是相识的，甚至亲密无间的。可，他们对针扎又能怎样呢？除了默默地厮守，厮守困惑？尽管他们都是世间的智者。

　　孤零零。

　　接到母亲的噩耗后，你和老婆、孩子急匆匆回家。从秋天便下起来的雪，此时更继续着；沿途不时看见抛锚的车辆，惨不忍睹。你顾不上了。……痛定思痛，痛何如哉！这些不说了。

　　单说那天，到了陪房营梁头附近后，来回转悠了好几个岔道口，但实在辨认不好，没办法，你们打发走出租车，步行下梁。也是，车也没法下梁。下车后，你瞭望了一眼。此时，天地间白茫茫一片，除了白还是白。白是、孝啊，你心沉下去，沉至一片空白之处。潜意识里，你知道母亲……你变得麻木了。人皮肉受伤时，大喊大叫；而骨头断了，不扎肉时，反而不喊不叫：疼痛的无非是皮里肉外。你快步而机械地朝家奔去。

　　这是家吗？这是我与生俱来的家吗？这是祖祖辈辈的家吗？你居然迷路了。此时，你感到自己头脑特别清醒，便抬头看看天低头看看地，又四下里张望，却老也不敢确定梁下是不是陪房营子。心下困惑万分，而又无法向老婆、孩子解释，"不管这些了，下梁再说。"你拖着双腿，茫然地朝前走去。

　　你把母亲丢了，母子从此阴阳相隔，永远地；你把故乡也丢了，故乡从此在你的世界之外，彻底地。——你的世界从此永远白茫茫了；

白茫茫的世界上，你只有"孤零零"的自己了。

母亲去世后，你随即发现自己方向感也丢了。一次又一次地，只要坐上车，不管从熙熙攘攘的街头还是杂草丛生的地头，不管要到熟悉的地方还是陌生的场所，一开始哪儿是东哪儿是南哪儿是西哪儿是北，你好像一清二楚，谁知不一会儿，你已经分辨不出来，车是在朝什么方向开去。你只知道，前面是前方，但前方是何方？下车了，自己这是置身何方，你又犯起糊涂来，一脸的茫然复茫然。

你只晓得学校的方向，那是你的饭碗所在。

小时候，你也迷过路的，但你认准，只要沿着羊肠河走下去，不管是顺着还是逆着，总能找到自己的家门口，绕些远罢了。而现在，羊肠河没水了，而没了水的河也便谈不上河了。没了羊肠河，家门何处，你找不见了。

迷路的人，总觉得前面是前方，而目的地就在前方。但走了一顿遭，又走回原地了。唉，就当原地为前方吧，就当原地为目的地吧，哪儿的脚下没有黄土，哪儿的黄土不……

4

有一则故事，你在好多报刊中读过——看样子，这样的事儿，不仅仅发生在你的家乡。而你要叙述的，则是你家乡的这个版本了。

孙子在城里工作。一次在宾馆吃饭，席上有这样一道菜——大铁锅里做的，有排骨有玉米有倭瓜有豆角，四围还蒸了一圈花卷。孙子吃吃感觉很好，马上想到：何不再要一份，给爷爷带回去？几天前，孙子将爷爷从乡下接来。孙子把菜带了回去，并且特地挑一截嫩玉米给爷爷。"爷，您牙口不好，那就吃这个，这个稀罕，又最好吃啦。"爷爷笑了："这有啥好吃的，不就是炸棒子嘛，爷小时候，夏天天天吃。""啊,"孙子大感不解,"爷,您不说你们那时候穷吗,怎么还吃高餐?!"爷爷哈哈大笑,把眼泪都笑出来了。

听了这个故事后,你也"把眼泪笑出来了"。

小时候,秋天生产队打夜场,有一家兄弟五人喝粥时,不约而同,分别"端"回一碗,孝敬老父亲。粥,老父亲不稀罕,天天喝,穷人嘛,哪个不是粥肚子!"多舀一瓢水,多糊一张嘴",但这是肉粥,羊肉粥哎,虽说羊肉少得可怜,但有总比没有强,羊肉味儿也香哩。老父亲一高兴,将满满五碗粥全喝了下去!结果,撑死了。不!穷死了。

三十年后,老人的一个孙子媳妇,抱着孩子去看医生。孙媳妇珠光宝气,孩子却面黄肌瘦。医生诊断道:"孩子病倒没啥大病,就是缺乏营养。""啥?"孙媳妇大吃一惊,"我家啥好吃的没有,啥好吃的我家孩子没吃过?……"医生打断少妇的话,说道:"最好吃的是粮食。"

先前,你们"穷革命,富变修",结果呢,穷死了;现在,你们"谁发家谁光荣",快速地富了,自我感觉富了,富得放屁油裤裆了,结果呢,富病了。人们管这叫"富贵病"。

我的乡亲们呀,咱们现在的富,还远远不够真正的富;一定说是,只能说是刚刚富,小富(学名:小康;不过,与规范的小康相比,还有很多地方没达标),而糟糕的是,咱们却提前患上"富贵病",这同小小年龄便患上阿尔茨海默病,有什么两样!——你忍了又忍,还是说出来了。

鲁迅先生在《"人话"》中转述了一则这样的笑话:

> 浙西有一个讥笑乡下女人之无知的笑话——
> "是大热天的正午,一个农妇做事做得正苦,忽而叹道:'皇后娘娘真不知道多么快活。这时还不是在床上睡午觉,醒过来的时候,就叫道:太监,拿个柿饼来!'"

乡亲们现在的情形，同农妇相比，又有什么区别呢？唉，你们的祖上是穷人，你们穷的时间太长了，你们穷怕了；而真的开始走上富裕之路后，却又不知道怎样富了。

　　多少年来，你苦苦思索，日想夜问，去探究你祖辈和父辈们，以及你的过往岁月，其间的人生和命运，不能不承认，曾经所有的辛劳和努力，所有的不幸与温暖，的确都来源于柴米油盐、生老病死，你们曾经的生命，都可以冠之于"柴米人生"。你们活在人世间，就是为了这些，没谁不是，没谁逃得出；或者不妨说，柴米油盐，生老病死，是你们在这个世界上的来之缘由、去之根本。

　　是的，柴米油盐和生老病死，是人生永恒的命题。但回答这个命题，只有一种答案吗？只有一种方式吗？忆往昔如何如何看今朝又如何如何，"忆苦思甜"或者"端起碗来吃肉，放下筷子骂娘"？人生的海拔，最高只有碗平面那么高吗？药吊子①那么高吗？一块臭豆腐加半斤土烧就能把人灌得烂醉如泥而感到心满意足，即使在过去，也应该是对你们的莫大讽刺。

　　何况，正如你在文章中所写——

　　　　好在随着缺吃问题的解决，缺烧也迎刃而解了——粮食多了，秸秆也多起来。柴火啊，有的是啦！老家的人们，终于可以不用拉风匣，而是大把大把地往灶火膛里填柴火了。是呀，这不就是一把烧火柴嘛，烧呗，把炕烧得热乎乎的，把日子烧得红红火火的！

　　更甭说，人生永恒的命题，难道只有一个吗？即使退一步讲，只有一个，难道人生的辞典里，也只有贫穷和富裕两类语词吗？以前的

---

① 药吊子：熬中药的瓦罐。

辞典里词汇量少，好分类，可以这样收；现在呢？

老家里的一个女孩子，在外地打工，见这个地方的女的，时兴戴木镯子，心想：木镯子不贵，咱也赶赶时髦。正在她挑选时，过来一群贵妇，个个珠光宝气，见她一副村姑模样，却也在挑选，马上甩过来一句："你也配?!"

在贵妇们那里，我们买木镯子，并非买不起金镯子，而是金镯子戴剩下了，现在流行木制的，才来买的木镯子，体验体验。可你一个村姑，先前戴过金镯子吗？就直接来买木镯子？

谢谢贵妇们啦，她们让你明白了一个道理，总得先富起来，和她们肩膀头一般高了，才有资格"体验"。感谢完毕，你嘴一张，"什么东西，啊呸——"

你告诉那个女孩子，多多地挣钱吧，挣能买一兜子金镯子的钱。但到那时，咱也不买金镯子，还是买木镯子。木镯子养人。

你不清楚小姑娘听明白了没有。

老家里的一个男孩子，在一家电影厂打工。看人家个个宝马香车人人纸醉金迷，而自己打工仔一个，要多寒酸有多寒酸。不长时间，便刺激得他产生了仇富心理。怎么办？干他一家伙。说干就干，他从黑社会买来一支火药枪。而就在他伺机而动时，家里来电话了。家里来的无非是平安电话，而父母的一番嘘寒问暖，却让这个男孩子泪流满面。我咋这么糊涂，我还有爹妈，还有家，抢什么劫啊。男孩子顾不上擦去眼泪，马上赶回住处，提起火药枪，找个人迹罕至的大桥头，把枪砸了。

听到这个故事，你使劲地点了点头，长长地出了一口气，心下稍慰。

好险！——你说的不是这个事儿了，说的是他们，年轻一代整体的生存状态。

冬子跳楼了。

冬子他父亲是搞建筑的，老板。早年，他父亲在营子里给人盖土房，脱坯打墙抡碌子上梁，后来挺进城里盖楼房。谁知，鲜花着锦着呢烈火烹油着呢，人忽然患下暴病，死了。死了就死了吧，也五十岁的人，有儿有女的了，正常入祖坟。

爹死妈嫁人各人顾各人。管不了那么多，子继父业，把爹的摊子接过来呗。接不了？也三十岁了，早已是成家的人，站着是个人躺着是根棍，不秃头不瞎眼的，带领着老婆拉扯着孩子，继续过日子呗。老辈子没大把大把地花过钱，不也过来了。可，希望是美好的，现实是残酷的。残酷的是，冬子除了吃喝嫖赌，别的什么都不会呀。不会挣钱只会花钱，而钱"母子"又没了。媳妇抱着小的孩子，大的孩子留给冬子，走了。一个大男人，自己不能养活自己，还谈何养家，哪怕只落下半个家！冬子把大孩子转送给了姑姑，把自己交给了阎王爷。

谁知，阎王爷不收——阎王爷也并非来者不拒，冬子摔坏了膀胱，只好拉拉着尿，东一家西一家的，有一天没一天了。东一家见他来了，赶紧关门；西一家见他来了，来不及关门，倒也迎进来，但"顾左右而言他"，挨到饭口，留下吃顿饭了事，不咸不淡地，不冷不热地。

你不住在老家，这些都是你听来的。——你如果在老家，关不关门呢？

我要到坟上哭！冬子的太奶奶是老王家的姑奶奶。唉——老天爷，这是咋的啦！

大孩子从姑奶奶家回来，找爸爸。父子终归是父子，何况这回……"爸，给我五块钱！""要钱干什么？"冬子问。以前是根本不问的，只说"钱夹里有自己找去"。"不知哪营子地震啦，大人们都捐款呢。老师说我们是小孩子，不用捐款。可，别的小朋友都捐了，我也……他们捐的太少，才一块两块的，我要捐、捐五块！"

此时是2008年5月，汶川发生了地震。

冬子所剩不多的眼泪，一起流下来了；所剩不多的声音，一起号出来了。大孩子见状，不知所措，"爸，你这是咋的啦？爸，你这是咋的啦？"

这到底是咋的啦呢，老先人们？先人们长眠着，眼睛看不见耳朵听不着，不要打搅他们了，为难他们了。他们本来活着艰难，死着也够不容易的。

那，老天爷，你说，难道穷人注定是穷命，只有穷着才能活下去，富了哪怕刚刚一点点，就活不下去吗？也许，正如地球，只有斜欠着身子，才能夜以继日才能寒来暑往才能亿万斯年；如果站直身子，地球则不成其为正常的地球了？不管怎么说，乡亲们一天比一天地，一家比一家地，富了富着。无论站在营子的哪条街上，抬眼望去，无一不是茂密的杨树、漂亮的瓦房、整齐的砖墙。如果在古代，诗人来了，一定会吟诵"绿树村边合，青山郭外斜"什么的；在当下，则肯定置换为社会主义新农村的颂歌了。

不！不，不——

冬子不是第一个，也不是最后一个，尽管没有一个年轻人，自愿与冬子为伍；尽管除了冬子，再没谁跳楼。

5

直到2014年春节，你才偶然得知，"失踪"多年的家堂祖字，居然一直藏在老家一位本家哥哥家。你急不可耐地找来，见到的一刹那，你禁不住倒吸了一口凉气，啊。由于年久日深，更由于保管不善，本家哥哥将家堂祖字藏在圈棚里，上面鸟粪累累，已经破烂不堪，字迹漫漶不清矣，只有中间部分画像还勉强看清楚，却也不知画的是什么内容了。

族规规定，家堂祖字由长支长子保管，世代相传，而你的这位本家哥哥，他的父亲是长子长孙，自然由他保管了。据说文化大革命爆发后，他的父亲将家堂祖字东藏西藏，最后藏到家里的顶棚上，才躲过一劫。文化大革命结束后，他的父亲在自家设家堂，张挂起来，才终于使其重见天日，年年享受焚香祷祝。

从此，每年过年时，王氏族人又总要先拜家堂，在家堂祖字前焚香磕头，给先人拜年完毕，才给后人拜年。年三十夜里，放鞭炮前，晚辈的，大的领着小的，一家家地磕下去。到了本家长辈家，打开门，跪倒在灶火坑前，"二大爷、二娘，给你们磕头啦——"进屋后，再双手作揖，"好二大爷，好二娘。""好啊好啊，都好。"二大爷、二娘忙不迭地，一边回话一边让晚辈，"快，上炕里，炕里暖和。"炕上早已备好烟酒茶糖。"不啦不啦，还有别的家呢。"呼啦啦，晚辈们走了，会抽烟的抽着刚点着的烟，不会抽烟的，衣袋里、裤兜里装着长辈刚塞给的糖。

放鞭炮后再一遍；第二天，正月初一，又来一遍，而且仪式更正式、更隆重。

——陕西省那边过年时，也请祖先回来过年的，而且程序什么的基本一样。黄土地上的农村都这样吧？乡土中国都这样吧？

不是"年年"了，老人去世后，本来应该由其长子继承下去，但没有。——此时已是八九十年代。老人的三子——你的这位本家哥哥，没有继承的义务，更不愿继续张挂，只是由于他一直和老人在一起过日子，扔没法扔，无奈只好"继承"下来，但也不再供在家堂上，而是将其卷巴卷巴，随便塞在了圈棚上。

拜年呢？似乎倒也年年拜的，但祖宗的免了，不再请回来共同过年，也便不再馨香祷祝；后人的，由三遍精简为一遍，甚至——打个电话拜拜年，磕头就免了。长辈们的烟酒茶糖，早晨工工整整地摆在炕头儿上，一天下来，晚上依然工工整整。地上则干干净净，可以映得出长辈们的身影，没有杂沓的脚印，只有为数不多的脚印，却也隐隐约约，若有若无了。热闹的只有电视，摁下遥控器，电视马上热闹起来，说学逗唱弹打吹拉，祝福声不绝于耳。

读过著名作家李一鸣的一篇散文《磕头》，读到他记忆童年磕头的刹那间，你恍惚又回到童年，更回到遥远的祖籍。李先生故乡山东，你们都是孔夫子的同乡、后人。在《磕头》中，李先生这样记忆道：

> 大年初一，天还浓黑，街上却已有半筒子人，一律着新衣服，你欢我笑，熙熙攘攘，热闹非常。见面远远打招呼，声音在鞭炮里依然分明："早起了？磕多少了？"嗡声答道："才几个头呐，慢慢磕吧。"一般是一个家族一帮，长者居首，少辈随后，浩浩荡荡，很有气派。到了一家，长者一二到房中，喊一声，"二婶子，给您老磕头了！"尾音拖得老长老长。那边忙不迭说道："甭了，甭了，来了就是头啊。"这里却已哗啦啦满了一天井。

而几十年过后，祖籍那边，磕头的味道变了：

> 街上依然走着磕头的人们，偶尔有两帮相遇，这边年轻的大吼一声："小柱子，来给你爷爷我磕个头再走！"那边粗声大骂一句，然后彼此仰天大笑，而领队的老人竟不经意。

陕西那边也变了吧？都变了吧？呜呼，你无话可说。

你寻找家堂祖字，是为了编写家谱。"为追溯王氏家族血脉渊源，理清血统传承，记载时代变迁，透析伦理德缘，增进宗族情感，编写此族谱。"在家谱中，你开宗明义写道。

家堂祖字上写有两副对联，其一为：春露秋霜启后昆；水源木本承先泽。横批：俎豆千秋。其二为：（绳其）祖武；（贻）厥孙谋。横批：永言孝思。括号内文字已经漫漶不清，为你推测所补了。

能补也不错，不能补呢？蒙地先人传到你这一代，已经是第六代。第一代的两位先人，因为世代口耳相传的缘故，你们记住了他们的名字；而第二代、第三代，即你们的高祖、曾祖，整整两代人的名字，你们不记得了。家堂祖字上，他们的名字，何止"漫漶不清"，干脆是磨蚀得字迹全无了。

你和你们生命的上游，很长一段河段，如同近些年来的羊肠河，断流了。

断流的何止这些——

这些年来，细瓷的瓷瓶是"古董"了。咦，不就是只瓷瓶嘛，老辈子传下来的，姥姥传给妈，妈再传给姑娘罢了，竟然这么值钱！不断地有人来买，不断地有人卖。也有人家说什么也不肯卖；可不卖，又怎么能行呢？不时地有可疑的人逡巡在这样的人家附近了。吓得家人将瓷瓶东躲西藏，还是不放心，最后只好一卖了之。家里从此与时俱进，不再"古色古香"。

汉人如此，蒙古人呢——

据说，和你年龄相仿的这代蒙古人，他们的上两代，即他们的祖父辈上，还全说蒙古话，汉话只能磕磕绊绊地，会上三句两句的，而到他们的下代，却全说起汉话来，反而蒙古话只剩下一句半句的了。你还记得不，你姑姥爷是蒙古族，有一次饭后去他家，他忽然问你："巴得以得？"你一时愣住，不知何意，姑姥爷笑了："这是蒙古话，问你吃饭了吗？"你听姑姥爷说蒙古话，仅此一次，并且发音准确与否，你还不清楚。

一两代，顶多不过匆匆百十年，却连自己的母语都忘记的人，还能记起自己的先人吗？过年也就落下过年罢了，尽管他们仍然红脸膛、高颧骨。

村里的蒙古人的戴姓，是源于"塔塔尔氏"还是"鞑靼氏"？而这个疑问，如果不是你提出来，他们连这个疑问的意识都没有，更甭谈答案了。尽管你何尝不晓得，即使在至今仍"纯粹"的蒙古人那里，姓氏也不被他们经常提起。

学者认为：人生，从记忆角度讲，是一个逐渐恢复的过程。那，你恢复到哪儿了，什么程度了？

你喜欢抚摩温凉的皮肤，摩挲起来，说热不热说冷不冷说滑不滑说涩不涩，那种感觉，不能具体地认为，快乐还是忧伤、幸福还是痛苦，只是给人一种宗教般的感觉，沉静，纯净，同时略微有点儿神秘感。忘记了是什么时候，在哪里，因了什么，不经意间，你蓦然想起，这应该是在襁褓中的岁月里，喜欢摩挲着奶奶的奶头或者胳膊入睡的缘故！大人告诉你，奶奶活着的时候，你睡觉的时候，常找奶奶搂着。

而你的奶奶……隔着阴阳两界，你再也回不到奶奶的怀里了。

你四岁那年，奶奶去世了。白天，你不知道"死"是怎么一回事，干看着大人们哭。晚上睡觉了，你又习惯性地钻进奶奶的被窝，这时才想起奶奶"死"了。"我要奶奶，我要奶奶！"你哭喊起来。这是你现世为人，最早的真切的记忆。

你的记忆从死亡开始。——何止记忆，真正的人生也始于死亡，认识了死，才认识生。先哲有云："未知生，焉知死。"反过来理解，或许同样是必需的，同样是可以的。

委身于红尘，如果有什么困惑，只要到祖坟走一走坐一坐，一般会烟消云散。有多少次啊，你满腹的困惑，眉宇间阴云密布，但待你来到祖坟之后，只需静静地站立一会儿，走出来的你，已经豁然开朗起来，步伐轻松如初了。

按照族规，你早已知道了自己百年之后大致的位置。这儿的尘土暂时还不熟悉你，只熟悉你的先人，同他们风霜雨雪着。没关系，他们终究会熟悉你接纳你的，不会发生排异反应。他们受你列祖列宗、历代先人的滋养，气息早已相同；同样，你与列祖列宗、历代的先人一脉相传，气息肯定又是一致的。总之，你肯定将与他们融合在一起，一起地老天荒，而毫无相互排斥之虞。人只有与祖先在一起，水只有同大海在一起，才会找到永远的归宿。

你早年间绝对不常光顾祖坟，近年来梦中却时不时流连忘返，你在那儿徘徊、叹息，不知所措。梦后醒来，百思不得其解：长眠于我是将来的事，现在人生才到中途，着什么急呢。不，你着的不是归宿不归宿的急。那我着的是什么急？难道，浑茫的天地间，也有"上穷碧落下黄泉，两处茫茫皆不见"的困惑，"这边"解决不了，"那边"同样无可奈何，永远无解？你万分地困惑了。

不过放心吧你，待百年之后，至少你能和先人们永远在一起。这倒不仅说你长期在外，吃了半辈子开口饭，却依然土话连篇，土里土气，整个人土腥味儿十足——你年已半百，即便想改也不大可能了——到"那边"后，先人们一准一眼就认出你；更是说你百年时，哪怕遭遇世间最不幸的不测，人身无法返回故里，只能魂儿回来，先人们也一定认你的。

啊，你流泪啦？记住，身为男人，站着是个人躺下是根棍，只有小儿时节流泪，只有父母弃而不养时流泪，只有山河破碎时流泪；其他的时候，也流，但要么流汗要么流血。

你的困惑只是"生"的困惑，"死"你是没困惑的。百年之后，你将埋在小孤山后，深深的地下，永远不再醒来。

营子原先是有庙的，据说在西河滩，但早已拆除了。这样，谁家有白事，只好在庙址上，搭几块石头就当庙了。没庙，人们怎么送先人上路呢？没庙，人们怎么安妥灵魂呢？

不但陪房营子没有庙，羊肠河流域别的地方，庙也荡然无存了。反倒是在乌丹城区里，你看见过一座庙。看样子，庙是新建的，烟火的痕迹还没渍满。见到的那一刻，你不禁感到惊异，甚至不无滑稽之感，但随即赧然并沉静下来，默然凝视良久。以后再路过，你不但每每停下脚步，甚至双手合十了。你不会祷念什么，但心不再芜杂、浮躁，而变得澄澈、沉静。

庙坐落在通往一片居民小区的路旁，小区是政府为享受低保的人们建设的。小区位于半山腰，这里的视野是开阔的，可以俯瞰全城；空气是清新的，没了污浊的人声与车声；布局是疏朗的，不再像住在闹市，处处给人逼仄、拥挤的感觉。尽管开始住进来，因了位置偏僻，远离闹市，生活不免有些不便，但住上一段时间，不知不觉，心也随之开阔了起来似的清新了起来似的疏朗了起来似的，好受多了。

一提起世间，人们想到的几乎总是"人世间"，其实，世间人神共住人鬼共住；如果居住在世间的只有人，人将是多么的可怜无助！即使单单说"人世间"，也该是灵、俗两界，而非清一色的俗界。

这些年来，你表弟自从削发披缁后，一直在外沿门托钵，把素持斋，难道他真的将前尘旧梦全忘了吗？为什么不返回俗世的家乡，安妥安妥你和乡亲们的魂灵呢？

第七章　天地苍茫

童年的时候，在羊肠河里玩儿累了腻了，坐在高高的岸上，发呆。河水哗哗，向南再折向东流去。东到哪儿去了？你常常眼睛望得发酸，但望到的，除了苍苍茫茫，还是苍苍茫茫。问大人，大人总含混地说，去了远方。那，远方是何方？……

羊肠河除了哗哗向前流淌的声音，其他什么也不告诉你。

老太阳孤零零地，挂在高高的、远远的天上，旁边什么都没有，哪怕是一丝儿云彩！你产生了一种从未有过的感觉，这感觉好像也是孤独，可这绝不是一个人在家里因为空旷而带来的、来得快去得也快的单纯生理上的孤独，而是无法向人言说的，说也说不清楚的，却又多么想向人家诉说的，希望人家感同身受的孤独。

这些年，羊肠河干脆干涸，连哗哗的声音，也渗漏到鹅卵石的缝隙里。你的羊肠河，除了干裂的河滩，还是干裂的河滩了。"羊肠河"由一个葱茏的地理名词，逐渐萎缩为干瘪的历史名词了。

从此，营子里老人去世后，随葬的下水罐里的水，得是水层越来越深的地下水了，而不再是河水。倒是五谷囤里装的五谷，不再让人为难。世世代代土里刨食，到了今天，家无隔夜粮的日子，终于成为过去。

而远在两千年前的汉代，羊肠河已开始在历史中流淌，一地理学家对河进行了考察，他在书中写道："（河）宽不盈尺，一步而过。"两千年来，羊肠河哺育了多少先民，尽管与王氏族人有血脉渊源的，顶多不过二百年不过几代，而所有的先民，不管他们是谁，不管他们曾经有过怎样的生死歌哭，他们的黑眼珠、黄皮肤，在这人世间，与你与你们毫无两样！

羊肠河，先人是遇到你才不再迁徙的，你养育了他们，却难道要抛弃我们吗?！难道，真的是"所谓故乡，先人漂泊旅程的最后一站"？

羊肠河，你是一了百了了，可我们还要活下去，世世代代地绵延下去，那，我们必须寻找一条新的河流，继续漂泊。好在，我们的血肉你已经滋润过了，我们的骨头你已经煎熬过了。

羊肠河，你告别了我们，我们也要告别你。我们的先人与你共同生活的那段，大而言之历史小而言之往事，漫漶就漫漶吧，像你现在的河床；荒芜就荒芜吧，像你现在的河滩。

随着人生的蹉跎和芜杂，你的困惑不再清醒，变得越来越混沌起来，渐渐地，你湮没在世俗的人群里，浑浑噩噩；困惑湮没在滚滚红尘中，渺渺茫茫。你将自己销蚀了，不再叩问：我是谁、我从哪里来、要到哪里去。——屈原面对汨罗江，居然有煌煌一百九十七问，而你面对羊肠河，惭愧，一问不问了。

人在幼年时代，每每向大人发出这样的疑问："我是从哪儿里的?"大人往往这样回答："从河套捞来的。"这样的疑问这样的回答，几乎世代相传。而在人长大成年之后，又几乎每每斥之为"幼稚可笑"、"懵懂无知"之类的。——真的是这样吗？这里隐藏着诸如人生三问等等神秘的密码吧？虽然"幼稚"但并不"可笑"，虽然"懵懂"但绝不"无知"，人对自己特别是"人之初"，认识得远远不够清楚。

好在人的一生，一种状态无论停滞得多长，也有它结束的时候。四十五岁时，你的人生终于醒悟过来了。

人活到四十五岁的份儿上，他的生命应该从此承上启下了：上为"前半生"下为"后半生"；或者不妨将"半"字去掉，上为"前世"下为"后世"。人即使只在阳间，也不妨活他两辈子，而四十五岁，便是其中一个不可或缺的节点。

四十五岁的这年夏天，你回老家，无意间发现，断流多年的羊肠河，竟然又有水了，哗哗，哗哗，哗——那一刻，你连想都没来得及想，便匆匆奔过去，但到了岸边，却又猛然间止住脚步，你怕水冰疼自己，尽管理智告诉你，酷热的阳光下，河水早已温热。

你愣在那里，大脑一片空白，随即混乱起来，为人半世的眼泪、欢笑与沉思纠结在了一起。今生是何世，何世在今生？"行年四十五，两鬓半苍苍"！

河水倒是没愣，自你身后流来，从你身边流过，朝你身前流去，向苍苍茫茫的远方流去。

啊，这才是"苍苍茫茫"，真正的"苍苍茫茫"！

当这年的初秋时节，随着文化考察的人们，从西拉木伦河源头开始，沿着西拉木伦河——西辽河——辽河，一路走来，最后于某日，夕阳西下的傍晚时分，终于站在渤海湾，辽河入海口，你止不住自己的激动了。

极目远眺，水天相接处的渤海，白日依依，暮霭腾腾，原野苍茫，西风沉寂，天地间一片肃穆。刹那间，你恍然置身于黄河岸边。

这不是黄河，而是羊肠河是西拉木伦河是……可，谁又能说不是呢？"西拉木伦"为蒙古语，翻译成汉语，天意使然？也是"黄河"！只是，为了与世人熟知的"黄河"区别开来，才写作"潢水"罢了，二者是同义词。——跟随着你先祖，小孤山过来了，黄河也过来了。

啊，英金河、洮儿河、西辽河、少郎河、小黑河，乃至北京鲁迅文学院前面的无名河……你生命中曾经淌过的每一条河流，此时此刻，一齐涌到你身边了。只有汨罗江还远在你生命的上游。

站在黄河岸边的那一刻，你想哭想唱想叫想……最后，你含着眼泪笑了，眼泪与笑声落进水里，融入到黄河中。站在渤海湾的那一刻，你更是不假思索，踏进了海里。

是的，你的羊肠河你的英金河你的洮儿河你的……最终都涌到了这儿，最终的"远方"是这儿，你童年时候是，现在是，将来还是。这里的河水，有羊肠河有英金河有洮儿河……有它们从前的，有它们现在的，将来，肯定也有它们将来的！

海水苍苍，海面茫茫，你也湮没，不，融入到这"苍苍茫茫"中了。

何止是你，何止是黄河，你和你的乡亲们都融入到天地间，一切的"苍苍茫茫"之中了——

赤峰已经沧桑万年，但被世人熟知的，是她的红山文化时期。距今五六千年之前，当时的赤峰人，与周边地区的人们一起，在大约二十万平方公里的大地上，创造了举世闻名的文化，后人谓之"红山文化"，绵延长达两千年之久。而在栖息两千年之后，红山人却不辞而别，突然消失了。他们到底去了哪里？哪里又再次成为他们的家园？长期以来，人们百思而不得其解。

经过学人们不懈的努力，红山人的谱系终于续上了。原来，他们在离开赤峰故园后，一路向西，后来到了岱海地区。红山称"山"岱海叫"海"，那都是后来的称呼了，而在当时的红山人眼里，在红山后人的你们眼里，山也好海也罢，不外乎处处充满生机，适合人们劳作、休息、睡眠，名字就一个：家园。在赤峰，人们以农业为主，牧、渔、猎并存；而到岱海，不也照样吗？何况，经过世世代代的创新、传承，再创新、再传承，工具越来越精良，生产越来越进步，尽管自然条件仍然恶劣，但同时人们的生存更见顽强，此伏彼起，生齿日繁。在赤峰，红山人多居住在方形的地穴里，执石器而生产，用陶器而生活，石器逐渐改用锋利的细石器，而不再是蠢笨的旧石器了；人们渴了饮河水，饿了吃收获的植物果实；同时，自养的猪、牛、羊，时不时地也要屠宰掉，美餐上一顿。提起美餐，最鲜美的莫过于刚从水里捕捞上来的鱼了。赤峰有两大水系，北端的是西拉木伦河南端的是老哈河，小的河流则星罗棋布了。而在岱海，红山后人们更是三五成群，聚居在临水的山坡上，而且从地下来到地上，住在双间式的窑洞里了，窑洞里安着火灶，盘着火炕，尽管它与今天的窑洞无法媲美，但一样冬暖夏凉，非常适合北方黄土地上的人们居住，这肯定是古今同理的；从远处看，常常是十多个聚落一字儿排开，绵延长达二三十公里，实在蔚为壮观也。住的条件大有改善，吃上更甭说，单说吃鲜鱼，这时手里是先进的工具了，渔网上安装长、宽各十厘米左右的大型纺轮，捕捞起来，较之以前不知强多少倍哩，以前那几乎是手工。甚至筑起石围墙，某种程度上，似乎有御敌于墙外的城的味道了哩。

生命是奔腾不息的汪洋，一个人是一朵浪花，一支人是一股水流，一群人则是一段河流，而河流总是由上游而中游，汇集到下游，最终流向生命的汪洋大海。人们来到岸边，看见浪花，便看见了先人的容颜；听到涛声，便听到了先人的谈笑。浪花不败，涛声不歇。这浪花看起来不免纤弱，又转瞬凋零，但它们连续不断地簇拥着绽放，一路绽放不止；这谈笑听起来不免单调，且随响随消，但它们此起彼伏地比赛着响起，终成瓦釜雷鸣之势。

2015年，"萧瑟秋风今又是"时节，你第一次来到岱海。此时的岱海，黛青色的水天之间，远年的风光杳然无迹，浪不再"高丈余，若林立，若云重"，但在你看上去，依然风高浪急，鸿鹭更是依然"成群"。成群的鸿鹭，飞上去是黑的飞下来是白的，黑得密密麻麻，白得雪花片片。

嘎、嘎、嘎嘎……鸿鹭们鸣叫着、翻飞着、追逐着，水点儿溅到你身上了，翅膀刮着你的衣服了！啊，它们不正是你们先人不灭的魂灵吗，现世的你们的化身吗，为了生存，为了生存下去，为了世代生存下去，在山苍苍海茫茫的天地间，哪管什么天低云暗，哪管什么风高浪急，永远地鸣叫着、翻飞着、追逐着。人们和鸿鹜，祖先和祖先一起披星戴月，后代和后代一起栉风沐雨，"继续，继续前进，不要回头，/忠实地直到路的终点，生命的尽头，/不要挂念更容易的命运，/你脚下是从未踏过的土地，/你眼前是从未见过的风景。"直到沧海桑田，直到地老天荒。

写在后面

2007年夏，我完成了家乡简易版的地方志编写。编写印制成书，取名《万年沧桑翁牛特》。今天看来，小书算不得规范的地方志，哪怕是简易版，里面感性多于理性，形象大于抽象。

何不将志史顾及不到的往昔，以我和我们为轴连缀起来，直接进行感性的、形象的述说？尽管我清楚，虽说文史不分家，但毕竟从属于不同的范畴，各自有着特定的规范，而以自己的笔力，是否能弄出来尚且是未知数，即使弄出来，恐怕也要弄成四不像，文不文史不史。管它呢，我年已四十，人生到了应该不惑的年岁；何况我在文字里摸爬滚打，即便是所谓的吧，也有些年头了。

也是，2007年夏季，家乡高温多雨。心为物役，高温已使得我的心难以冷静下来，多雨更使得我的心动辄滂沱不止。

总之，"羊肠河记忆"开始了。起初，"记忆"的名头是"传"，感觉总得叫"传"才够高大上，但传着传着，"记忆"起来了。"记忆"显得低调、亲切，尽管在这样的文本里，"传"也好"记忆"也罢，实际并无本质的差别，描述的无非都是山里人家穷孩子眼里的天地，草根阶层庄稼人心底的流年，城籍农裔漂泊者笔下的故土。

亲爱的朋友，感谢你们，八九年来，一直耐心地忍受着我的聒噪，陪着我"记忆"到现在。

　　以上我所写的并没有什么幽美的故事，只因他们充满我
幼年的记忆，忘却不了，难以忘却，就记在这里了。

　　萧红在《呼兰河传》的最后一段，这样悲欣交集地诉说道。将这
段话移植到此时此刻，我的身心上，同样是再恰当不过的了，尽管我
们的笔下，流淌着各自的河流；尽管萧红笔下的"记忆"，只限于幼年
的时光。萧红从武汉到四川从四川到香港，一边仓皇地流亡着，一边
深切地挂念着——

　　呼兰河这小城里边，以前住着我的祖父，现在埋着我的
祖父。
　　……
　　从前那后花园的主人，而今不见了。老主人死了，小主
人逃荒去了。
　　那园里的蝴蝶，蚂蚱，蜻蜓，也许还是年年仍旧，也许
现在完全荒凉了。
　　小黄瓜，大倭瓜，也许还是年年地种着，也许现在根本
没有了。

　　记忆是有生命的，经过了这么多年，雪旧霜新、风剥雨蚀、盛衰
枯荣，依然鲜亮如新，我佩服她的生命力，竟然如此顽强、蓬勃。但
同时，我不得不承认，自己的笔力不够，不能将她完整、准确、深刻
地描述出来。我在描述的时候，分明地听到她遗憾的叹息乃至埋怨之
声。我一边道歉，一边也找理由：咱们一个战壕啊，即使进一万步讲，
笔力够了，力透纸背乃至入木三分，又能如何？纸上谈兵罢了。我满

腹的委屈，能向谁倾诉？总之，我人生至今的眼泪、欢笑与沉思，几乎一股脑儿地倾泻到这里了。这里，我哪仅仅是我，我将自己重新整合、配置，我是我的家人，我是我的乡亲，我是陪房营子，我是羊肠河的每一滴水，我是羊肠河川的每一粒尘埃，我是过往岁月的每一日每一夜。他们身上的、心上的记忆，哪怕一点一滴，我力争无一遗漏，忠实地抒写下来，只是，这又能如何？

不管了。

呜——呜——顺着树梢，第九个冬天又从远处刮过来，三千个日日夜夜，在键盘的敲击声中，一行行地敲打过去了。

——何止是八九年，应该说远在二十八年前，人在突泉时，"记忆"已经开始自觉地抒写。在《突泉印象记》中，我写道：

> 小城不容易看到犬，却可常听到犬吠，在夜里，一声高一声低一阵密一阵稀的犬吠，仿佛来自遥远的太空，又好似响在灵魂的某处，吠得你不忍睡去，便细细地咀嚼生命的滋味。

"记忆"不是写出来的，而是咀嚼出来的。

——何止是二十八年前呢，更远在读初三时，念到下学期，营子里同年级段的，只有自己了，常常是一个人，一个人回一个人走。上学了，走到东山坡时，我总要回过身来，站好，凝视一会儿营子，并深深地鞠上一个躬，然后再转过身去，朝学校走去。此时正值五更时分，星光暗淡，空中似乎露出些鱼肚白，但营子依然黑着，偶尔亮起一点两点的灯光，但随亮随灭，那是有起夜的人家。人们还都在熟睡着。因为黑，山风也看不见，只觉得它们贴着鼻尖、耳畔和脸庞刮过，让人异常的清醒。我流泪了，泪流淌不止，却任凭两眼模糊着，单等风前来擦干；脚下的路，因为走常了，凭感觉闭着眼也能走上一段，尽管脚下是弯弯曲曲的山路。很多年里，我为自己的这一举止感到莫名其妙，后来终于醒悟过来，那是在为"记忆"做准备啊。足迹即为笔迹，而且刻写在我的脑海深处，风刮不走雨淋不塌了，永生永世。

"记忆"不是写出来的，而是鞠躬鞠出来的。

单说这八九年来，人也青春不再心更沧桑矣，而沉淀下来的，只有这么一本小册子，碎碎杂杂的、粗粗拉拉的、疲疲沓沓的，如同满脸沧桑的人却少年般向人急赤白脸，更像住的是山旮旯却与都市比大小。"弹琴复长啸"，"问苍茫大地"。总归是自己，天分不行、学养不足、才力不够，怨不得别人，"赋到沧桑句便工"。"文章千古事，得失寸心知"。或许……自己经受的苦难还不多?!"文章憎命达"，"诗穷而后工"，这则好说了。乡土命相学家认为，端午节出生的人，命运注定一生坎坷，是寂寞的、悲苦的、顽强的一生。对此，我当然不会相信不愿相信，但回首半生以来的足迹与心迹，让我不能不相信，这是、真的。而接下来的走向，怕也离不开这个轨迹了。挣扎自然是要挣扎的，而是否能挣脱开来，答案往往是否定的。挣命、挣命，但命是说挣就挣得了的吗?

人说掌纹即心纹。我的掌纹如何? 男左女右，我的倒不用如此细分，不管左还是右，我的掌纹均如草根，盘根错节，犬牙交错。在我经见的人中，独此一家，别无分号。在乱糟糟的掌纹控制下，我的命运果然也乱糟糟。有时候激情难抑，恨不得将掌纹连根拔掉，但这怎么可能呢? 这就是我的命吧? 我认了。

——这又是怎样的"悲欣交集"呢?

内蒙古大学南校区，2015年。

几乎是每天子夜时分，我睡意正浓，或者刚刚入睡的时候，猛地传来狗的群吠声，千军万马战场上冲锋一般，叫声大作，响成一团，震天动地，撕心裂肺! 校园里有狗，但狗居然这么多叫声居然这么大，却是我始料不及的，让我蓦然惊醒，顿时睡意全消，注射了兴奋剂一般，热血沸腾，精神处于极度的亢奋之中，禁不住前生后世地浮想联翩。"街灯的光穿窗而入，屋子里显出微明，我大略一看，熟识的墙壁，壁端的棱线，熟识的书堆，堆边的未订的画集，外面的进行着的夜，无穷的远方，无数的人们，都和我有关。"鲁迅先生的这番话，我早已烂熟于心。大家称这些狗为"流浪狗"，而我清楚它们从何而来了。狗是命运之神克罗旭遣派而来，监察我的特使啊。

身为一名写作者，只是"浮想联翩"，自然远远不够，我知道自己接下来该做什么。重新打开电脑，由泪水与笑容陪伴，我继续以文字的形式，向"记忆"，向生命中曾经的岁月与土地，跋涉不已，徜徉不已，怆然不已。

——这又是怎样的"咀嚼"怎样的"悲欣交集"怎样的"鞠躬"呢？

"羊肠河记忆"浸染过无数情兼师友者的眼泽、手泽和心泽——真的可谓"无数"，凡是我的"记忆"能到达的地方，不管天南地北，与我情兼师友者，哪位的眼泽、手泽和心泽不曾浸染过！既然"无数"，也便不一一列出了。更甭说"从文"以来，我侍弄过的所有文字，总括起来，全是在"羊肠河"这个大母题下，陆续铺陈、生发开来的，而它们，更不知染过多少师友的眼泽、手泽和心泽了。师友们的心血，有的已经融入到这篇文字中，有的将来融入到其他文字里；融入到字里行间，更潜移默化到生命的深处。师友们，你们在我的生命中"有数"，在我的文字中"有数"。

我曾经在诗中总结道："人世间有一种红叫萧红，红得让人心痛……"可"羊肠河"与我与我们，骨子里的痛，明天能汹涌在谁的心中，"记忆"能被谁来复述，不知道了；我只知道，即便在具有"掀天之意气，盖世之才华"的萧红那里，也只能浩叹，"我将与蓝天碧水永处，留得那半部红楼，给别人写了"。苍茫天地间，独有弘一大师遗墨"悲欣交集"之后，看似清寒、枯瘦的墨迹里，华枝春满天心月圆。

遑论我的我们的"记忆"了！行文至此，不管此时该标句号还是逗号，或者是省略号，总之，"造成一座小小的新坟，一面是埋藏，一面也是留恋。至于不远的踏成平地，那是不想管，也无从管了"（鲁迅语）。"记忆"收束了。

2007年，乌丹，第一稿
2011年，呼市，第二稿
2012年，北京，第三稿
2015年，呼市，第四稿

图书在版编目（CIP）数据

羊肠河记忆／王国元著. –北京：作家出版社，2016.11
（草原文学重点作品创作工程）
ISBN 978 – 7 – 5063 – 9196 – 2

Ⅰ.①羊…　Ⅱ.①王…　Ⅲ.①散文 – 中国 – 当代
Ⅳ.①I267

中国版本图书馆 CIP 数据核字（2016）第 254613 号

羊肠河记忆

作　　者：王国元
责任编辑：陈晓帆　陈　华
装帧设计：曹全弘
出版发行：作家出版社
社　　址：北京农展馆南里 10 号　　邮　　编：100125
电话传真：86 – 10 – 65930756（出版发行部）
　　　　　86 – 10 – 65004079（总编室）
　　　　　86 – 10 – 65015116（邮购部）
E – mail：zuojia@ zuojia. net. cn
http：//www. haozuojia. com（作家在线）
印　　刷：三河市紫恒印装有限公司
成品尺寸：152 × 230
字　　数：160 千
印　　张：13
版　　次：2016 年 11 月第 1 版
印　　次：2016 年 11 月第 1 次印刷
ISBN 978 – 7 – 5063 – 9196 – 2
定　　价：27.00 元